她们走在美的光影里

古茗◎著

北京联合出版公司
Beijing United Publishing Co.,Ltd.

图书在版编目（CIP）数据

她们走在美的光影里 / 古茗著.—北京：北京联合出版公司，2017.8（2024.3重印）

ISBN 978-7-5596-0646-4

I. ①她… II. ①古… III. ①随笔—作品集—中国—当代 IV. ①I267.1

中国版本图书馆CIP数据核字（2017）第162869号

她们走在美的光影里

作　　者：古　茗
出 品 人：赵红仕
出版统筹：朱文平
责任编辑：牛炜征
特约编辑：黄梦梦
特约监制：徐均成
封面设计：A BOOK STUDIO
　　　　　梦卜Design 102801781

北京联合出版公司出版
（北京市西城区德外大街83号楼9层　100088）
三河市天润建兴印务有限公司印刷　新华书店经销
字数173千字　900毫米×1280毫米　1/32　7印张
2017年8月第1版　2024年3月第2次印刷
ISBN 978-7-5596-0646-4
定价：49.80元

序言

她走在美的光影里，

好像无云的夜空，繁星闪烁；

明与暗的最美的形象，

交会于她的容颜和眼波，

融成一片恬淡的清光——

浓艳的白天得不到的恩泽。

——拜伦《她走在美的光影里》

　　她们走在美的光影里，悲伤与快乐、彷徨与执着，全都散落在银幕之中。在她们远去时回眸的一笑间，曲终、人散。落幕后，她们终将成为黑暗中的经典与永恒。

　　她们走在美的光影里，穿梭于时光之中，缓缓而来。她们独具魅力、优雅得体、落落大方。我们的人生在她们的影像中得以丰富，而她们的样貌在光影的世界里得以不朽。

　　她们是王家卫镜花水月中的末世女人，是侯孝贤无声风景中的清淡女侠，是李安二元对立中的绝代佳人，是徐克武侠中颠倒众生的魅惑女妖，是陈可辛漂泊时光里走失的梦中人……

她们尝试着我们不敢触碰的未知，成全了我们无法企及的过往。

那些年，我们面对现实，妥协、退缩，而她们为了梦想一往无前、无所畏惧。

年少时，我们面对爱情，胆小、懦弱，而她们为了爱倾其所有、用尽一生。

曾几何时，我们面对苦难，一蹶不振、狼狈不堪，而她们从此变得异常勇敢、坚不可摧。

她们在爱情中沉沦，在梦想中超越，在苦难中救赎，在年华的摧残中不朽。后来，通过她们的故事，我们学会了忍受孤独，大胆追爱，看淡尘世功名。

但愿她们的身影留在你我岁月的记忆里，但愿她们的故事成为你我前行的支撑，但愿她们的美好成为你我永远的念想。

她们，走在美的光影里，仿佛消失了一样……

目录

章三 传奇，终究成为梦中的念想

她们，想我们不敢想，做我们不敢做，走在了时光的最前面，影响了整个时代。

最终，她们成为你我心中的传奇，成为梦中的念想。

章四 抗争，世间最温柔的力量

在沉浮之中，她们一直都在与世界抗争，偏见、轻视、漂泊、孤独……

她们是这世间最温柔的力量。

章五 江湖，策马扬鞭仗剑天涯

她们一身侠气，游走沉浮于红尘中。

她们是女中豪杰，执剑舞春秋，书写自己的江湖。

然而，情不知所起，一往而深。

错就错在，她们都动了情。

章六　青梅枯萎，竹马老去，从此我爱上的人都很像你

可以不说，可以隐藏至深，可以成为心中念想。

终究，你还是成了我年少时的欢喜，我旧时光里错过的珍惜。

就算时光变迁，我依旧放不下你……

章七　没错，我就是贪慕潋滟红尘

红尘多可笑，痴情最无聊。

可这也是红尘的可贵之处。

没错，我就是执迷不悟，我就是贪恋潋滟红尘，我就是沉迷于你。

章八　错过，我们都曾爱过

在他们相遇时，她将他看作自己的全世界。然而，造化、背叛、时空都让他们分离，至于是否还能相遇，结局是喜是悲，都是未知数。

虽然错过，但他们都曾爱过。

章九　时光的背后，是我对你的深情厚意

时间真是个好东西，让一切透着隽永的气息。她们在镜头中，可以老去，可以永生，亦可以对抗。

时光背后，是她对他的深情厚意。

章十　断墙颓垣，想起的是地老天荒

死生契阔，与子成说；执子之手，与子偕老。断壁残垣，生离死别，我与你站在废墟之中，天空中飘来一股莫名的哀愁，静默的苍凉。

此刻，我只想和你地老天荒。

章十一　落幕，我们蜕茧成蝶

成长必定是一个阵痛的过程，只有经历最彻骨的疼痛，才有日后最惊艳的登场。

落幕之后，她们终将蜕茧成蝶。

章一

以梦为马，诗酒年华

她们没有生在富裕的家庭，没有倾
国倾城的容貌，没有过人的才华，但是
她们有梦想、有远方、有诗酒年华。

最终，她们成了最好的自己。

《百万宝贝》：
我的至爱，我的血肉

莫·库什勒（Mo Cuishle）的意思是——

我的至爱，我的血肉（My darling, my blood）。

→影片简介

影片《百万宝贝》（*Million Dollar Baby*）由克林特·伊斯特伍德（Clint Eastwood）执导，希拉里·斯万克（Hilary Swank）饰演女主人公麦琪·菲茨杰拉德（Maggie Fitzgerald），导演本人饰演年迈的拳击教练法兰基·邓恩（Frankie Dunn）。本片一举夺得2005年奥斯卡最佳影片、最佳导演、最佳女主角和最佳男配角等奖项。

拳击教练法兰基将自己的毕生精力都献给了拳击事业。在拳击场上，他的徒弟战绩辉煌、叱咤拳坛。在他的生命中，最重要的莫过于永无休止的拳击课程和细致严谨的拳击理论。然而，由于太过投身于拳击事业，法兰基忽略了家人的感受，与女儿的关系长期冰封，形同路人，这也让他陷入了长期的自闭生活。他总是去教堂寻求帮助，但没有结果。

一天，一个对拳击有着强烈兴趣的女子麦琪走进训练馆，希望法兰基收她为徒。麦琪来自密苏里州西南的一个破旧小镇的山上。在成长的过程中，她只知道一件事：自己是个垃圾。32岁的麦琪身无分文，没有系统学习过拳击，凭着一腔热情来到拳击馆，仅仅为了实现自己的拳击梦。在她的生命中，除了拳击，她一无所有，拳击是她唯一喜欢做的事情。不过，法兰基从来不收女学徒，因为他认为拳击是一项非常残酷的运动。

随着麦琪的不懈努力，她终于打动了法兰基。法兰基终于决定把麦琪培养成出色的女拳击手。尽管道路艰辛，但是他们在训练和比赛中慢慢找到了默契。此外，法兰基从麦琪那里找到了失去的亲情。勇气和梦想让他们放下了往日的痛苦，找到了心中的力量。

只是在一场比赛中，麦琪被恶毒的卫冕拳王偷袭，最终导致脊椎断裂、高位截瘫，尽管最后她打败了对手，赢得了属于自己的荣耀，但是她再也无法回到赛场上。痛苦万分的她甚至想咬舌自尽。她，生不如死。最终，法兰基心痛地拔掉了麦琪的呼吸机，成全了她。

→拳击的意义

拳击到底是一项怎样的运动？为什么那些拳击运动员在台上被打得鼻青脸肿，甚至被打成残废，可还是有那么多人前仆后继地去挑战这项运动？在克林特·伊斯特伍德眼里，拳击是一项跟人生差不多悲惨的自我修行。在这场修行里，人们自始至终都在挑战自我。

2016年11月6日上午，邹市明在美国拉斯维加斯进行的WBO世界职业拳王争霸赛上，赢得蝇量级世界拳王金腰带，他激动地说："感谢所有的历练，邹市明从一个默默无闻的小个子，慢慢地肩负着中国拳击的梦想，一步步去突破，现在我敢自豪地说一声，该拿的我都拿了！"邹市明在这条漫长的修行之路上战胜并超越了自我。

此外，拳击还是一项通过击败另一个对手获得尊重的运动项目。电影里说这是一项关于尊严的运动：要想保持自己的尊严，就必须剥夺对方的尊严。如果仔细想想，或许拳击是把人生问题进行表面化的一次尝试：承受伤害、击打对手，并在每次击打中获得生存的意义。

法兰基还说，拳击是一种不自然的运动，因为拳击中的每样东西都是逆向的，有时打出一记重拳的最好方法是退后一步。这就如同人生之路，你要想前进，那就要先后退一步。

对于32岁的麦琪来说，生活是没有尊严的。在餐馆当女招待，偷偷地将客人吃剩下的牛排带回家当晚餐。生活对她来说有什么意义？上帝赐给她唯一的礼物就是：她爱上了拳击，并且略有天赋，还遇到了愿意教她的人。从她爱上拳击的那一刻开始，就意味着她赢得尊严、获得人生意义的开始。

→我的至爱，我的血肉

麦琪是一个意志坚定的女人，她了解自己的目标并知道如何去实现它。当她走进法兰基拳馆的那一刻，两位主人公的命运也开始悄然逆转。波折过后，麦琪与生俱来的才能和不可动摇的信念最终感动了固执的法兰基，他决定不惜代价帮助麦琪成为女拳击手。

在和麦琪相处的过程中，法兰基渐渐地被她感动。他早已把麦琪当成了自己的孩子，并送了她一件印有"莫·库什勒（Mo Cuishle）"的绿色战袍，意为"我的至爱，我的血肉"。尽管麦琪不知这几个字的真实含义，但是她带着这几个字战胜了一个又一个的对手。众人都为她欢呼："莫·库什勒（Mo Cuishle）！"

在聚光灯下，她是多么耀眼！她成了所有人的至爱和宝贝。

法兰基在和麦琪的相处中也感受到了亲情。

就这样，两个毫无血缘关系、年龄差距悬殊的人，借助暴力血腥的拳击，结下了胜似亲情的深情，相互慰藉。

在麦琪高位瘫痪后，年迈的法兰基做完弥撒告知神父，他现在只想把这个女孩儿留在身边，哪怕她瘫痪在床，他不想再次尝到失去女儿的痛苦。此刻，麦琪已经成了他生命中非常重要的人——他的至爱、他的血肉。

但是，法兰基知道让麦琪活着比死还痛苦。在麦琪一次又一次试图咬舌自尽后，法兰基的心彻底碎了。他对麦琪说，我为你拔掉呼吸机，再为你注射，然后你会长眠。

就这样，法兰基亲手送走了他的至爱与血肉。

最终，对于麦琪来说，死是一种解脱。对于法兰基来说，送她离开是一种成全。

→与命运抗争

很多女人的一生都是和命运抗争的一生，麦琪就是如此：生活在社会底层，认为自己是个垃圾。她每天晚上都到拳击馆练习，只为了实现梦想，32岁开始拜师学打拳，是为了获得人生的尊严。她有家人但却又相当于没有：当麦琪给母亲买了一栋房子时，母亲却只惦记着这样会不会取消自己的福利金；当麦琪全身瘫痪插着喉管躺在床上时，母亲却带着另外两个孩子去迪士尼乐园玩了几天才来看她，而且的只不过让她签署法律文件，把房子转到自己名下。在麦琪的生命里，亲情已经彻底消失。

但是，麦琪没有放弃和命运抗争。为了梦想，麦琪终于成为教练法兰基的学生。她知道，这是重拾人生价值和尊严的机会。电影中，法兰基埋怨同伴埃迪，后悔不该让麦琪学习拳击，不然她一定还好好活着。但是埃迪这样说，麦琪为梦想拼搏过了，也体验到了抗争，更赢得了世人的尊重。

很多时候，不是你努力了、抗争了，上天就会给你特殊的眷顾。麦琪为梦想拼搏过，故而最后悲剧的结尾并不代表她输了。在另一种程度上，她赢得了自我和人生，死得光荣。

32岁的麦琪没有20岁女拳击手的体力，但是她的意志力已经给予她足够的力量。梦想的确和年龄无关，也和时间无关，只要你敢想就可以去实现。失败不是借口，更不是退缩的理由，只要你还有站起来的勇气。

风雨征途，我们终可成为别人无法超越的自己。

《布鲁克林》：
漂泊，还是回归

你会十分想家，想得要命。

你除了忍受这一切以外毫无办法，

但这一切并不会击垮你。

终有一天，太阳会再次升起。

——艾莉丝

→影片简介

电影《布鲁克林》（Brooklyn）讲述了20世纪50年代初，由西尔莎·罗南（Saoirse Ronan）饰演的爱尔兰小镇女孩艾莉丝与许多同龄人一样找不到工作，前途充满未知，于是她离开了故乡，离开了母亲和姐姐，只身前往布鲁克林寻找机会和梦想的故事。

在神父弗雷德的帮助下，艾莉丝在布鲁克林的一家百货商店做了一名营业员。她住进拥挤的集体公寓，面对房东太太挑剔的目光、其他租房姑娘的妒忌和猜疑、陌生的工作环境，她感到了孤单和害怕。

不过，随着生活环境的改变，艾莉丝开始适应布鲁克林的节奏：白天工作，慢慢受到主管的认可；晚上去布鲁克林大学进修，最后拿到了会计证书；平时还去教堂聚会，去舞会跳舞。后来，她还结识了艾莫里·科恩（Emory Cohen）饰演的意大利裔水管工托尼，与他坠入爱河。全新的生活让她慢慢忘却了乡愁。

正当艾莉丝在布鲁克林找到归属感的时候，姐姐突然离世的消息让她赶回了那个小镇。在回爱尔兰之前，托尼害怕失去艾莉丝，于是和她偷偷结了婚。回乡后，痛失大女儿的母亲希望艾莉丝能够留在自己的身边，并给她介绍了条件不错的酒馆老板吉姆（多姆纳尔·格里森饰），以及一份很好的工作。一切似乎将要重新洗牌，她开始面临留在家乡与重回布鲁克林、酒馆老板与水管工之间的抉择。

最终，在艾莉丝沉醉于家乡的新生活时，残酷的现实让她彻底清醒过来，她坐上了重回布鲁克林的客船。

→漂泊的意义

那些在一线城市打拼的姑娘，正是一个又一个艾莉丝。在最好的年纪，她们选择了漂泊。原因有很多：或是家乡太过闭塞，或是家乡找不到工作，或是想要出去看看世界，或是躲避家里的催婚……

在家乡，即使是一个普通工作也要看别人的脸色，所以艾莉丝选择了离开。在临走时，艾莉丝的姐姐看着她那箱少得可怜的衣服，自责地说："艾莉丝，我应该把你照顾得更好的。"艾莉丝握着姐姐的手说："我买不起自己的衣服，箱子里的大部分衣服都是你买给我的，这也是我离开的原因之一啊！"后来，姐姐说出了艾莉丝必须离开的原因："但我没法给你买一个未来，你想要的生活，我买不到。"

艾莉丝的姐姐就像很多女孩子的爸爸妈妈，在女儿离开的时候，他们会自责：如果可以给女儿富足的生活，她就不会这么辛苦漂泊，住简陋的出租屋，挤着地铁，整天熬夜加班。然而，就算有诸多不舍，他们还是放开了她的手，决定让她高飞。既然她想飞，就让她去飞吧！

当艾莉丝登上开往布鲁克林的客船时，母亲再也受不了这样的离别，转身离开。这样的情景多少会让我们想起初次离家上学的自己，心中五味杂陈。

在高楼林立的一线城市，最初很多异乡的女孩子都找不到归属感。忙碌的工作，纷繁的生活，压得人喘不过气的房价，但这必定是她们要承受的。既然选择了，就要承受选择带来的后果。

你必须承受孤单，承受亲人离世，承受乡愁。

后来，在布鲁克林，艾莉丝慢慢寻找到了自己的价值。她认真工作和学习，有了奋斗的目标，有了未来的方向，并且得到了周围人的肯定和尊重，这是在小城里从未得到的认同感和归属感。慢慢地，她开始融入这座城市。

→回不去的家乡

因为姐姐的病逝，艾莉丝又回到了爱尔兰的小镇。

身在他乡，最开心的就是收来姐姐的家书，听闻一切安好；最痛苦的是神父传来的消息，姐姐的离世……曾经，原以为生离死别是那么遥远，没想到竟离自己那么近。原来，那个爱尔兰小镇有着她无法割舍的爱与思念。

送走了姐姐，艾莉丝开始重新审视这个小镇。在这里，有母亲的陪伴，有比布鲁克林地下室舒适的大房子，还有一个曾经不敢奢望的做酒馆老板娘的机会。一切都很现实——这个家需要她。艾莉丝渐渐开始动摇，开始试着和酒馆老板约会，思考和他未来的生活。

在家乡的一段时间，艾莉丝开始忘了布鲁克林，忘了那个和自己偷偷结婚的托尼。然而，正当她沉浸于此的时候，尖酸刻薄、势利粗蛮的老板娘凯莉将她叫到家中，说出了艾莉丝已婚的秘密。这一举动彻底将她打醒。清醒的艾莉丝说出了影片的中心台词："我差点忘了这个小镇是这样的了。"是的，这里的人喜欢打听别人的秘密，就像那些喜欢讨论家长里短的小城妇女，巴不得哪家出了大事，便可在茶余饭后增添点儿乐趣。

见过大城市的繁华与开放后，艾莉丝终于明白了很多东西：小镇的那些绅士从未离开过爱尔兰，之后也不会有机会出去闯荡，但他们自我感觉良好。这些人就像小城里那些稍有些身份的人，喜欢对你指手画脚，告诫你外面的世界有多么凶险，小城的安逸适合你。在小镇海滩上，人们都需要用浴巾包裹着旧式的泳衣，还不知道可以将泳衣直接穿在裙子里。很多时尚与流行的事物，小城永远要滞后很久。此外，就算是就业机会，也都是来自于前人的离世……是的，艾莉丝终于清醒了过来。

那个小镇是离开后永远回不去的故乡。出去后，她发现了世界的开阔与包容，那里要比家乡宽容很多。在圣诞节，艾莉丝去教堂为那些无家可归的爱尔兰人发放午餐。她问神父："他们为什么没有回爱尔兰？"神父告诉艾莉丝，如果像她这样年轻有才的女孩都没有发展空间，那这些人就更没有生存可能了。是的，这一场景道出了赤裸裸的现实：其实，很多年轻人并非都想离开故乡，只是被逼无奈。就算他们读完大学，但是回乡后又能怎么样？那些好的工作机会被"关系户们"霸占着，想要晋升最后却被"权势"挤到一边。何时才能得到最大的公平与公正？最后，他们只能离开。的确，当故乡再也无法成为一个年轻人的支点时，他们只能出发去寻找梦想发芽的远方。

当艾莉丝再次登上前往布鲁克林的客船时，她已经驾轻就熟了。初次的慌张和恐惧早已没有。在船上，她嘱托那个刚离家的爱尔兰姑娘："等你到了海关那儿，睁大你的眼睛，摆出你知道自己要去哪儿的样子，你必须像美国人一样思考。"最后，艾莉丝朝那个姑娘坚定地点了点头。

的确，离开后，我们一定会十分想家，非常非常想，除了忍受别无他法，因为那个家乡已经成了回不去的念想。

不过，这一切都不会击垮我们。终有一天，太阳会再次升起。

《风雨哈佛路》：
一个人的征途

不要犹豫，更不要彷徨，

什么都不会阻止一颗，

想要向上攀登的心。

→影片简介

电影《风雨哈佛路》（*Homeless to Harvard:The Liz Murray Story*）由真人真事改编，彼得·莱文（Peter Levi）执导，索拉·伯奇（Thora Birch）、迈克·里雷（Michael Riley）等主演，讲述了一位生活在美国贫民窟的女孩丽兹（Liz）如何经历人生的艰辛，最终凭借自己的努力走进最高学府的故事。

丽兹生活在一个千疮百孔的家庭，双亲酗酒吸毒，母亲还患有精神分裂症，双目失明。年纪尚小的她流落过街头，住过收容所，也睡过地铁站，多半时光在慌乱的流浪中度过。有时她还要扮演大人的角色，回去照顾父母和姐姐。在她15岁时，母亲死于艾滋病，父亲也进了收容所。丽兹不得不去乞讨，和朋友在城市的角落流浪，生活异常艰难。她身边多半是遭遇不幸的人。

丽兹在毒品、艾滋病、饥饿充斥的环境中度过了童年。一日复一日，她看不到希望和梦想。

丽兹很早就知道，在自己的生活之外，还有一个光鲜明亮的世界，但她与之存在着距离。母亲的死让丽兹想通了很多事，她决定改变命运，不能再继续过这样狼狈的生活。

她很清楚，只有读书才能改变自己的命运，于是开始踏上漫漫求学的征途。

她用最真诚的态度感动了高中校长，争取到了读书的机会。她一边打工一边上学，用两年的时间完成了高中四年的课程。无处安身的丽兹经常在地铁站、走廊里学习，睡觉。她尝试申请各类奖学金，然而只有《纽约时报》的全额奖学金才能让她念完大学，于是她努力申请。最终，她获得了全额奖学金，以优异的成绩进入了哈佛大学，还得到了《纽约时报》的一份工作，并且有了自己的公寓。

影片的最后，丽兹迈着自信的脚步走进了哈佛的学堂。

→改变，哪怕只有万分之一的可能

"我希望能和别人平起平坐，而不是低人一等。我希望能去哈佛，接受良好教育，读遍所有好书，于是，我情不自禁地想，我是不是该发挥自己的每一分潜力呢？——我必须成功，别无选择。"

这是一个真实的故事，是一个出身贫民窟的女孩与命运的抗争。贫困并没有阻止丽兹前进的决心，改变命运是她唯一的选择。

很多时候，一个人的成功不是因为他多想成功，而是因为他已经被生活逼得无路可退。

尽管丽兹生活贫穷，童年不幸，但她并没有因此堕落或者失去希望。她在疑问：为什么我要承受这样的生活？我和哈佛校园里的那些学生又有什么区别？因为出身吗？如果我用尽全力去拼搏，会不会改变现状，哪怕只有万分之一的可能？

最终，我们看到了一个迈进哈佛大学的丽兹，但是这个过程异常艰辛。母亲死后的几个月，在没有经济来源、没有精神鼓励的情况下，她自己一个人申请进入一所私立高中。开始念书之后，她没有地方睡觉，并且要在肮脏的洗碗槽前赚一份微薄的薪水，与此同时还要念着微积分、几何学。就这样，她在两年里读完了四年的课程。她不是天才，只是下定了一往无前的决心，付出了超过常人的努力。她身边的人都告诉她，不要痴心妄想进大学。可是当她拿到班上第一名、得到机会参观哈佛校园的那天，她发誓一定要成为哈佛的一员。最终，她得到了《纽约时报》的全额奖学金，进了哈佛。

在领奖致辞那天，她说所有的事情都改变了，她的人生再不会像从前那样了。在这个过程中，她将所有的安全感都抛到了脑后，一切都迫使她前行，没有退路。她必须竭尽所能地去完成。

→一个人的战役

很多时候，我们听了太多的励志故事，也听了太多的大道理，但我们还是我们，他们却早已超越自身。其实，从一开始他们就已破釜沉舟，断了一切退路，从此以后，踏上一个人的征途。这与其说是奋斗，不如说是一场孤独的战役。

不到最后一刻，我们都不该向生活妥协。人生的意义不是停滞，而是向上攀登。任何一场战役都是在和自己的意志力搏斗。说实话，抗争到最后，任何外在的东西都已是虚空，自我的改变才是质的飞跃。我们从旧我转变成新我，开始了新的旅程。其实，没有人会在意你的人生和轨迹，更没有人会伸出手去帮你改变什么，只有我们自己可以帮助自己。

在影片的结尾，丽兹的话让人动容。当记者问她，如果现在可以改变，她想改变什么。丽兹说她希望自己的家庭能回来，不惜一切代价。是的，这样一个高中生涅槃后终于重生，但她心里还是有一个缺口，那里住着自己的亲人。

在丽兹走进哈佛的那一刻，她的人生就此改变。贫穷和苦难的确会削弱一个人的意志，甚至还会让人就此堕落。不过，从另一方面来说，你经历的一切痛苦都会成就日后的你。对于小小年纪的丽兹来说，她没有别的方式可以改变命运，只能靠读书。其实，对于贫苦的孩子来说，也只有读书能帮助他们改变现状。丽兹的故事很励志，但是她到底是少数。上帝让她经历磨难，承受一切痛苦，不仅要承受贫穷之难，还要承受母亲离世之痛，最终她却靠着自己强大的意志力一点一点攻坚克难。其实，在大学期间，丽兹曾有一段时间离开校园去照顾身患艾滋病的父亲，等到父亲去世后才返回校园。这的确是一个令人心碎的故事，但是却也给了所有人以力量。

丽兹这个弱小的女孩，在经历一切后变得如此强大。"永不言弃"已经成了她的代名词，甚至激励了众多年轻人。

有时候，命运的确是不公的，它会让你生活在多灾多难的家庭里，去承受不该承受的痛苦，但是就算生活再怎么糟糕，请你都不要放弃生活的希望，因为还有很多可以改变，只要我们能像丽兹一样，永不言弃。

《逆光飞翔》：
用自己的方式飞翔

也许我一直照着别人的方向飞，

可是这一次，

我要用我的方式飞一次。

——张荣吉《逆光飞翔》

→影片简介

电影《逆光飞翔》由张荣吉执导，改编自真人真事，由黄裕翔本色出演。女主人公由台北电影节、亚太影展双料影后张榕容饰演。本片荣获第49届中国台湾电影金马奖，张荣吉本人也获得最佳新导演奖。

故事讲述了天生失明但音乐天分超凡的男孩黄裕翔（黄裕翔饰）弹得一手好琴，不想因为被同情而获得肯定，所以不愿参加任何比赛。黄裕翔只希望能像普通人那样去生活。当第一次离家念书，脱离家庭的保护，走进繁华的台北市时，他不得不独自一人去面对黑暗中的一切。尽管同学并没有当面说什么，但却在背后嫌弃他，觉得他总是会制造麻烦。不过，他总是憨厚地一笑而过。

就在这个时候，他和热爱跳舞但被迫放弃梦想的女孩小洁相遇了。黄裕翔能够"看见"不被别人看见的美丽，并且从未放弃这个世界。小洁被他的勇敢深深牵引着，像是一缕逆光照进了她的心。在他的鼓励下，小洁鼓起勇气重拾了舞蹈之梦，而裕翔也慢慢敢于跨出那一步，去参加了音乐比赛。他们互相带领着彼此，并且填补着长久以来内心缺失的部分。影片中的两个人身后似乎有一道耀眼的逆光，正在激励着他们朝着梦想去飞翔。

→骄傲的自尊心

我自己想试试看，不要每件事都靠别人。因为我也想知道，自己能够做到多少。

——黄裕翔

影片中的黄裕翔有着自己的骄傲，他不需要别人的同情，希望能像正常人那样被对待。老师让他去参加比赛，认为这样他可以被大家看到。然而，他倔强地反驳：难道不参加比赛就不会被看到吗？他知道，这个世界并不亏欠自己，他更不想因此变得不一样。他希望能和正常人一样，在一个阳光美好的午后，在靠窗的咖啡屋里喝一杯咖啡，静静地听听这个世界的声音。

可能你想问：为什么裕翔不愿意参加比赛？那是多好的机会，可以在所有人面前展示自己。其实，所有人身上都有裕翔的影子。人生旅途中，我们都会遭遇大大小小的苦难，还伴有无法诉说的秘密。因此，你会竭尽所能地保护着那个缺口，不想让任何人知道。因为你不想受到别人的同情，也不想因此变得不一样。这是因为那骄傲的自尊在你内心深处苦苦挣扎。

的确，自始至终，我们都不想被贴上"不一样"的标签，因为那就是向残酷的现实妥协。如果可以一个人做到，那么就尽可能减少他人的帮助。在裕翔的心中有一股劲，他一直在和自己及现实进行抗争。

在生活里，我们应该懂得尊重别人的弱点，保护那块脆弱的缺口。你应该相信，无论是他人还是自己都能逆光飞翔，跨过那道坎。

→疼痛的灵魂，不灭的梦想

因为有你，让我相信我所遭遇的一切，并不是在阻挡我的前进，而是要让我下定更大的决心。谢谢有你，让我明白，如果对喜欢的事情没有办法放弃，那就更努力地让别人看到自己的存在。

——小洁

女孩小洁，喜欢跳舞，因为家庭的缘故放弃了学业，也放弃了自己的舞蹈梦。她告诉裕翔，每当自己想跳舞的时候就会发现心跳很快，也只有在跳舞的时候她才能感到最真实的存在。裕翔鼓励她，不去尝试又怎么知道自己不行？因为裕翔，她看到了光亮，看到了那个被遗失在现实路上的梦想。她开始感受到从未有过的温暖，也慢慢发现原来梦想可以让自己变得不平凡。

很多时候，我们被周身的太多事情所牵绊，害怕去尝试，更害怕开始，于是放弃了最爱的东西。生活中，我们总是将遗忘的梦想归咎于现实，或是怀才不遇，或是无可奈何。但是，梦想从来不该因为这些原因而放弃。

我们不知听了多少激励人心的话语，也不知看了多少版本的鸡汤，然而转身就将之背弃。看多了青春励志片，人多多少少会麻木，认为梦想终究是遥不可及的玩笑。在这个年代，谁还敢在众人面前提"梦想"二字？似乎周围的口水就能将你淹没。可是，在夜晚当你捂着胸口问自己："我到底在坚持什么？"此刻，你还是能发现自己很兴奋。原来，梦想就是那个能让你梦中笑着醒来的东西。

人生也就几十载，如果不能去做自己喜欢的事情，那么走此一遭是多么遗憾。当你年老时，遥想当初为了梦想不顾一切的自己，也许你真的会笑出声来。因为有不灭的英雄梦，我们才可以在浩浩征途中去疯狂一把，以此来纪念这仅有的青春。

章二

看尽人世喧嚣，抵达
最深处的荒凉

　　她们孤独地行走于尘世之间，在
星光洒遍山川湖海之际，在看尽人世
喧嚣浮华之后，是悲凉、是落寞、
是怅然若失的找寻、是无处安放的
灵魂。

　　最终，她们抵达内心最深处的
荒凉。

《刺客聂隐娘》：
青鸾舞镜，没有同类

孤独的青鸾，对镜而舞。

一个人，没有同类，没有悲欢。

→影片简介

安史之乱以后，各地藩镇势力此消彼长，而其中最强的是魏博。为了维系魏博与朝廷的关系，最终朝廷让嘉诚公主嫁给魏博节度使田绪。这段婚姻维系了长达二十年的和平局面。

嘉诚公主没有儿女，将田绪侍妾生的儿子田季安（张震饰）过继来抚养成人，后继承了田绪的节度使。

在田季安行冠礼的时候，嘉诚公主将一对玉玦分送给田季安与聂隐娘（舒淇饰），希望促成两人的婚事。可是最后考量到田季安的地位，嘉诚公主让田季安娶了田元氏，牺牲了聂隐娘。聂隐娘十岁时闯下祸，被道姑（嘉诚公主的妹妹嘉信公主）带走，训练成杀手。长大学成后，道姑将聂隐娘送回，并命其刺杀表兄田季安。

最后，聂隐娘无法完成师命，离开了。

→青鸾舞镜的孤独

聂隐娘走了，银幕中留下了她清冷、孤寂的背影。影片中"青鸾舞镜"的典故正是对聂隐娘这个角色最恰当的隐喻。在村屋里，少年帮受伤的聂隐娘上药时，她说了小时候嘉诚公主给她讲的青鸾舞镜的故事：从前，一个国王得到一只青鸾（凤凰），但青鸾终日沉默，三年间一音不发。有人告诉国王，青鸾看到同类就会鸣叫。于是，国王就让青鸾照镜子。然而，当镜子拿来的时候，青鸾看到自己的影子后却悲鸣而死。

嘉诚公主，一个人，从京师嫁到魏博，没有同类。"青鸾舞镜"这个典故表面上是在说嘉诚公主，其实是在说聂隐娘自己，一种悲喜，一种清澈。

"青鸾舞镜"的典故一直贯穿影片的始终，揭示了"一个人，没有同类"的主题。聂隐娘便是"没有同类"的青鸾，她自幼离家学艺，长大成人后才回来。师傅只是将她当成一颗杀人的棋子；父母与她长年分开，早已没了亲密无间的感情，只留下表面的生疏客气；表哥的身边早已有了别人……孤独的聂隐娘，她只有在镜子中才能找到同类。其实，影片早已借田季安之口将聂隐娘"青鸾"的形象刻画出。当田季安发现黑衣女子是曾经的窈七（聂隐娘）时，不禁感慨万千。在他的记忆中，窈七一直是坐在树上的凤凰，孤傲而遥不可及。

当田季安抱着胡姬时，不知道帐幕后的聂隐娘是什么心情。当田季安看着倒在地上的胡姬，误以为是聂隐娘伤害了胡姬，之后拿剑刺向聂隐娘的时候，不知道她的心是否痛如刀绞。

由于母亲常年在宫中，聂隐娘小的时候和父亲甚是亲密。十三年后，父女两人再次相见，多的是无言，似乎还有一分心照不宣。当聂隐娘告诉父亲聂锋，师傅让自己成了一个杀手时，她的心情是怎样的复杂呢？

在这人世间，聂隐娘只是一只孤独的青鸾罢了，没有同类。

→物件解码

玉玦。玉玦是嘉诚公主下嫁魏博、先皇临饯时赐予的，寓为决绝之意。这是先皇钦命公主，用决绝之心坚守魏博。在田季安行冠礼时，嘉诚公主将这对玉玦分别赐给了田季安和聂隐娘，是希望他们继承先皇的旨意，以决绝之心守护魏博与京师的和平，并希望促成两个人的婚事。只是阴差阳错，造化弄人，这对玉玦分开后就再无合一之时。就算聂隐娘回来归还玉玦，也是决裂之意。这里分开的玉玦就代表着"一个人"，分指田季安和聂隐娘，而他们都属于没有同类的人。

→ "无声"的侯孝贤

如果你是个足够细心认真的人，你会发现侯孝贤影片中的人物像是集体"失声"了一样。而无声更考验一位演员的情感把握与动作。

无论是《恋恋风尘》《最好的时光》，还是《刺客聂隐娘》，都会有一个"无声"的人，孤独地走在光影的世界里，冷眼看待这世间的一切悲苦喜乐，尝尽人情冷暖。

在《刺客聂隐娘》中，聂隐娘的台词不到九句。因此，影片全靠舒淇去诠释这个角色的悲伤、寂寞与挣扎。在影片中，我们仿佛看到了徜徉于人世间的孤独身影。这世间，没有谁能读懂你，更没有谁能改写你的命运。她只身一人，孤独地行走于自己的世界里，没有人说话，仅此而已。

侯孝贤的"无声"，也代表了他个人对电影的追求。他不跟随大众的步伐，永远都从心拍电影，探索自己的艺术，坚持自己的坚持。正如苏牧所说，侯孝贤的电影都是探索式电影。这种电影更靠近人的灵魂与本质，更注重艺术，而非商业化。在这个商业片纵横的年代，"无声"的侯孝贤尤为难能可贵。

→青鸾舞镜的舒淇

由舒淇来扮演聂隐娘这个角色再合适不过，因为这就像是她人生与情感的写照。早年舒淇为了替家里还债，做了"脱星"，而这些往事就这样悄悄地被掩埋在时光之中。这些年来，她斩获荣誉无数，将自己脱掉的衣服一件一件地又穿了起来。然而，面对舒淇现在的成就，那段无法触碰的往事还是被世俗之人一点一点地挖了出来，成了他们恶意攻击她的把柄。2012年，舒淇意外被卷入赵文卓与甄子丹的骂战。因为舒淇在微博力挺甄子丹，说他"敬业认真"，从而招来网友的炮轰。是非对错大家众说纷纭，姑且不论，但那些充满敌意的网友将舒淇成名前拍摄的古装艳照再次翻了出来，并在她的微博上留下不堪入目的言语，这种行为就太过分了。最终，舒淇因为受到如此不堪的侮辱，删掉了所有的微博，取消了所有的关注。直到今天，舒淇微博下的评论依旧只对几位不会伤害她的朋友开放。

舒淇是孤独的，像聂隐娘一样，走着与世俗格格不入的道路。然而，她们又是幸运的，因为她们是独一无二的凤凰，无法被人复制与模仿。在回应那些质疑、经受那些打击的时候，舒淇有着自己的骄傲，她默默地删除微博，就是在向世人宣战。2015年舒淇优雅地站在戛纳的红毯上，依旧那么耀眼、骄傲。她最终用一个美丽的笑容告诉世人，浴火的凤凰终究会重生。人们无法了解凤凰重生背后所经历的一切挣扎。

→青鸾舞镜的意义

没有同类又如何？孤独舞镜又如何？难道一个女人就一定要生活在同类中，被所有人认可吗？难道一个女人生活在同类中，就不会孤独了吗？凤凰终究是凤凰，到哪里都会受到争议。

在这个世界上，有一类女人，她们没有群居的习惯，也没有合众的步伐。她们像孤独的凤凰，就算孤独无助，也不会害怕、退让。她们一直都保持着自我，优秀、骄傲，不理会周遭的闲言碎语，特立独行。

女人，当你遇到孤独无援的状态时，不要害怕，也不要退让。你要做的就是保持着自己的优秀，保持着自己的骄傲，让他们说去吧。时间会让所有人住嘴。

见过很多姑娘，她们都是一群游离于尘世之外的女子，终有一份不为人知的孤独。她们不需要刻意地奉承这个喧嚣的世界，更不必去讨好任何人，闲言碎语，一笑置之。

我不知道始终活在自己的世界中是否是一件好事，但不可否认，那的确是保持自己独立性的最好方式。那些独立于世的女子，孤独地书写着自己的人生，却散发着耀眼的光芒。凤凰，总会以她自己的姿态，涅槃、重生。

《东邪西毒》：
爱情，一场醉生梦死的游戏

韶华已逝，

她以为自己赢了，

其实，她早就输了。

→ 影片简介

影片《东邪西毒》取材于金庸的武侠小说《射雕英雄传》，由王家卫执导，张国荣、林青霞、梁家辉、张曼玉、杨采妮、刘嘉玲、张学友等人主演。本片获得第1届香港电影评论学会大奖最佳影片、第51届威尼斯国际影展最佳摄影等奖项。张国荣凭借这部电影获得第1届香港电影评论学会大奖最佳男主角奖。

电影讲述了西毒欧阳锋的人生经历以及他和黄药师、大嫂、剑客洪七等人的故事。年轻的欧阳锋（张国荣饰）与黄药师（梁家辉饰）两大高手比拼，但未分胜负，从此成了好朋友。欧阳锋因为昔日恋人（张曼玉饰）赌气嫁给兄长后，离开家乡白驼山，来到遥远的大漠，开了一家专门介绍杀手的酒舍，在此隐居10年。

在沙漠的自我放逐中，他重逢了失去记忆的好友黄药师，遇见了精神分裂的慕容燕／慕容嫣（林青霞饰）、深情想念妻子桃花却不想相见的盲武士（梁朝伟饰）、倔强的复仇孤女（杨采妮饰）、出来闯荡江湖却不穿鞋的洪七（张学友饰）、爱恨交缠的桃花（刘嘉玲饰）。在经历了他人的生离死别、感情纠葛后，欧阳锋得知了恋人的死讯，一切得以释然。最后，他烧毁了酒舍，离开沙漠回到了白驼山。

后来，黄药师与欧阳峰回到了原有的轨道上：黄药师与妻子定居桃花岛，称桃花岛主，绰号东邪；欧阳峰自大嫂病逝后重返白驼山，为一方霸主，绰号西毒；洪七接管丐帮，成为北丐；慕容燕／慕容嫣改头换面，练成一代剑侠——独孤求败。

→ 她们：末世的女人

这不是一部简单的武侠，它道尽了都市人悲切且荒凉的内心。颓废的末日情绪、意识流与后现代的表现手法，让一切都显得格外孤独。王家卫列举了现代人各种受伤的方式，说的不是江湖和世事，而是情；说的不是劫数和命运，而是人心。影片中的那些女人，正是都市里一个个女性的典型与代表。

→ 欧阳锋的大嫂：爱情中的赌气和悔恨

以前我认为那句话很重要，因为我相信有些事一旦说出来就是一生一世。现在想想，其实说不说也没有什么分别了，因为有些事情是会变的。我一直以为自己赢了，直到有一天看到镜子，才知道自己输了，在我最美好的时间，我最喜欢的人也不在我身边。

——大嫂

欧阳锋的大嫂代表了那些在爱情中顽固倔强、不愿服输的女人。她以为自己会赢，但最后发现自己输了。她是一个孤寂凄婉的形象，红衣红唇，眼神空洞，冷艳怨恨。因为无法忍受欧阳锋的骄傲，一时冲动嫁给了他的哥哥，并拒绝和他一起出走。为此，她饱尝痛苦，因为她内心一直深爱着欧阳锋。后来，韶华已逝的她终于领悟："我以为我赢了，其实我输了。"当她后悔的时候已经迟了。

大嫂看着孩子的背影说："明明心里想要，嘴巴却不肯说，总是要等到你送到面前才肯要。"其实，这话是对自己和欧阳锋说的。她和欧阳锋都太过骄傲，都不愿先低头。两人明明相爱，欧阳锋从来没有开口承认那三个字——我爱你；大嫂更是用极端的赌气方式报复了他，但事实证明这是非常愚蠢的。一个想要闯荡江湖，一个想要长相厮守，最终阴阳相隔。只怪当时年轻气盛、不懂珍惜，失去后才追悔莫及。

这就是现代人处理感情的方式，用骄傲去对自己最爱的人。她从黄药师那里探听欧阳锋的消息后，一方面不让他告诉欧阳锋自己的住处，另一方面却又期盼他说出来。在爱情面前，她的骄傲和赌气让她失去了最爱的人。憔悴一生、孤独一生，她最终病逝。

→ 慕容燕／嫣：求之不得的人格分裂

我曾经问过自己，你最喜欢的女人是不是我，现在我已经不想再知道。如果有一天我忍不住问起，你一定要骗我，就算你的心有多么不愿意，也不要告诉我你最喜欢的人不是我。

——慕容燕

慕容燕／嫣代表了那些处于爱与不爱间的伤痛者。慕容燕和慕容嫣是一对长相相同的兄妹。慕容嫣对黄药师痴心一片，但是因黄药师失约，伤害了她。因此，她对黄药师因爱生恨，同时又难以割舍对他的痴心。

慕容燕出重金请欧阳锋杀了黄药师，因为黄药师骗了他的妹妹慕容嫣。与此同时，慕容嫣要求欧阳锋杀了慕容燕，因为他阻止自己与黄药师相爱。实际上，慕容燕和慕容嫣是同一个人，这样的双重性别身份是人格分裂：自我爱怜（哥哥要为妹妹杀掉黄药师）和自我仇恨（妹妹要杀掉哥哥）的爱恨联合体。一方面，她要杀死黄药师；另一方面，她又要杀死自己去保护黄药师。一方面，她要杀死黄药师最爱的女人，又不甘心自己不是；另一方面她又认定自己是黄药师最爱的女人。最终，慕容燕对影练剑，成了江湖中鼎鼎有名的剑客——独孤求败。

慕容燕/嫣其实是现代社会中那类顾影自怜的人，自始至终都是在与自己谈恋爱。她以为对方很爱自己，但是对方从来没有爱过她。她渴望爱情却一直孤独着。她对自己爱恨交织。

→ 桃花：失去后，才知道最爱谁

桃花代表了这样一群人——失去心爱的人后才知道最爱的是谁。桃花因为爱上黄药师，致使丈夫盲武士离家出走，浪迹天涯。盲武士一心只想在失明前再见妻子一面。在欧阳锋的授命下，他一人独战数百名马贼，最终被马贼所杀。

桃花同样是感情的受伤者。里面有一场她在马背上抚爱骏马的戏，这是性暗示，表现她寂寞与空虚的内心。她在等一个人。其实，盲武士走后桃花渐渐意识到自己爱的人是他。黄药师再来找她时，她也毅然掉头走了。她看到欧阳锋拿着丈夫的那块巾帕时才明白，原来自己最爱的人是丈夫。她失声痛哭。

桃花象征着现代人不确定的感情，移情别恋、精神或肉体出轨。很多时候，你以为自己根本不爱陪在枕边的人，你以为对的人还没有出现。然而，当你真的失去枕边人后，才明白自己爱的到底是谁。人生最痛苦的就是失去后才明白，但那已经太迟了。

→ 鸡蛋女：坚守底线的复仇者

那个鸡蛋女象征了一类人——执着固执的道德坚守者。她只有一篮鸡蛋，希望能够有人给弟弟报仇。然而，她遭到了欧阳锋的拒绝。在欧阳锋眼里，这显然是赔本的买卖。他认为，鸡蛋女自身要比这篮鸡蛋有更多的价值，但是鸡蛋女是不会因此牺牲自己的。她一直在固执地等待，最终等来了傻傻的洪七为她报仇。她坚守着一个原则：绝对不会为了别人去牺牲自己。她这是在坚守一种信念，即便是生死攸关都不该放弃某些原则。

鸡蛋女代表了现代社会的某些人，他们依然坚守着自身的道德底线。如果因为复仇，委屈自己卖身，终有一天她会瞧不起自己。她喜欢盲武士，但她知道盲武士一直爱着妻子之后，便毅然地离开了。最后，盲武士强吻她的时候，她挣扎着推开了他。因为她知道他吻的人不是她，而是他的妻子桃花，她开始痛哭。这也是一个真性情的女人。

→ 醉生梦死：一场爱情的游戏

越是想知道自己是否忘记，反而会记得越清楚。

——欧阳锋

大嫂让黄药师带去一坛酒，名叫"醉生梦死"，喝了就能忘记一切。黄药师喝了之后，果真忘记了所有的事情，但是欧阳锋反而记得更清楚。人就是这样，当你越是想知道自己是否忘记的时候，反而会记得更加清楚。

他们，都是城市中的痴男怨女，有着各自的执着和骄傲。

那时候，我们还是太过年轻，总是想挣脱现有的生活。然而，很多年后，正如欧阳锋说所说："每个人都要经历这样的阶段，看到一座山，就想知道山后面是什么，我已经不想知道了。"感情亦是如此。

当一切都失去以后，我们唯一能做的就是让自己不要忘记。曾经，我们还太不懂事，永远不懂珍惜身边人，永远想要去触碰那些无法触及的镜中花、水中月。最终，你才明白，爱情只不过是一场醉生梦死的游戏罢了。

《天使艾米丽》：
一个人，自娱自乐

如果生命注定是一场孤独的旅行，

那么，我愿意去爱全世界。

→ 影片简介

影片《天使艾米丽》（*Amelie*）由让–皮埃尔·热内（Jean-Pierre Jeunet）执导，奥黛丽·塔图（Audrey Tautou）、马修·卡索维茨（Mathieu Kassovitz）等人联袂出演。本片提名第74届奥斯卡最佳原创剧本等奖项。

艾米丽有着不幸的童年：她生活在一个神经质的家庭里。父亲是一名医生，除了给艾米丽做健康检查之外，很少和女儿接触，因此艾米丽很想让父亲抱抱自己。每次做健康检查，当她能和父亲亲密接触时心跳就特别快，这让父亲断定她患上了心脏病，决定将她留在家里休养，由母亲教她学习。所以，童年的艾米丽没有朋友可以玩耍，连唯一的朋友小金鱼都抑郁到想要自杀。不过，这一切都毫不影响她对生活的豁达乐观态度。然而，8岁时因为一桩意外，母亲在艾米丽眼前死去，伤心过度的父亲也患上了自闭症，开始沉醉在自己的世界里。

终于，艾米丽长大成人可以独自闯世界了。她去了巴黎一家咖啡馆做女侍应，而光顾这家咖啡馆的似乎都是一些孤独古怪的人。不过总的来说，她的生活过得还不错。直到1997年夏天，戴安娜王妃的去世让她突然感到人生的孤独和脆弱。于是，艾米丽开始了一系列助人计划，去影响身边的人，给他们带去欢乐。

艾米丽暗中帮助周围的人，试着改变他们的人生、修复他们的生活。后来，她也在这个过程中找到了自己的白马王子。

→ 孤独：人生的常态

影片中讲述了不同人的孤独：失去妻子的父亲、被丈夫背叛的女房东、寂寞的"玻璃人"老画家、怀才不遇的作家、被老板欺负的菜摊伙计、爱情失意的咖啡店同事、遗失童年玩具的旧房东、忧郁阴沉的门卫……

这些孤独的人，包括艾米丽在内，都有一些奇怪的爱好，或者说情趣，如捏爆塑料泡沫上的泡泡、在盆栽植物的叶片上打孔、收集撕碎丢弃的大头贴照片、拍脚印、看受伤的斗牛士、看失败的运动员、一年画一幅雷诺阿的画、吃鸡肉从鸡背脊开始……这些看似非常荒唐的怪癖，都是他们对抗孤独的方式。

影片中的艾米丽非常有灵气，和王家卫《重庆森林》里的阿菲（王菲饰）很像。她们都在感受着孤独，但也在通过自己的方式排解孤独，都是一个人的自娱自乐。在艾米丽身上孤独成了另一种味道和情致。长大后的艾米丽会在周五去看电影，但总是观察被别人忽略的东西，例如屏幕中的一只小飞虫。她培养了自己的小乐趣，喜欢将五根手指悄悄插进街边的豆子里，用调羹敲破焗布丁表面的焦皮，在河上飞掷石头。看着艾米丽玩得那么开心，我们似乎都回到了童年。

如果说人生是一场修行，那么适应孤独就是其中一项重要的课程。很多人以为自己患上了孤独症，但后来渐渐发现，这是人生的常态。如果不能避免孤独，那就试着用快乐的方式去享受。

→ 童心：抵御荒芜流年

整部影片像是一则成年人的童话故事，有着色彩斑斓的画面，音乐也闪烁着亮光。其实，童年的某些习惯或者行为大多会影响成年后的我们。童年的艾米丽通过恶作剧的方式报复了欺骗她的邻居，长大后的艾米丽通过自己的方式去帮助这些孤独的人，充满爱心和正义感，不过过程中似乎带着恶作剧和善意的谎言。这似乎是她童年行为的延续。虽然她喜欢沉浸在自己幻想的世界里，但她是善良的，更是美好的。

艾米丽帮助他人的成果是显著的：她打了一通灵异电话，于是让白拓图找回童年并决心和女儿和好；她配了一把钥匙，捉弄了刻薄的蔬果店老板；她偷出女房东的书信，伪造了一封迟到三十年的情书，让女房东相信丈夫是爱自己的；老画家成功地画出了拿水杯女孩的表情；怀才不遇的作家重新振作了起来；她偷走了小矮人，邮寄风景照，劝父亲离开封闭的家，出去看看世界。

其实，在帮助他人的同时，艾米丽也在抵抗自己的孤独。她总是通过匿名的方式帮助别人，是因为害怕与他们接触。所有内向型性格的朋友都应该理解艾米丽的行为，因为他们都是艾米丽：害怕与人交流、害怕外出，甚至有电话恐惧症。不过，这不妨碍他们去爱这个世界，爱身边所有人。

童年的意义是什么？年纪大了以后才发现，原来童心就是在日后的荒芜岁月里，让我们保持内心纯粹的力量。人们总说童话是骗人的，但我们为什么还要去读童话呢？因为我们在幼年的英雄故事里找到了太多勇气和美好。看多了世界的虚假和丑陋后就会知道，原来我们可以用不灭的童心去对抗整个世界的荒芜。

章三

传奇，终究成为梦中

的念想

她们，想我们不敢想，做我们不敢做，走在了时光的最前面，影响了整个时代。

最终，她们成为你我心中的传奇，成为你我梦中的念想。

《奥兰多》：
雌雄同体，时光穿梭400年

伟大的灵魂都是雌雄同体的。

——弗吉尼亚·伍尔夫《一个人的空房间》

→影片简介

《奥兰多》（又名《美丽佳人欧兰朵》）于1992年上映，由著名女导演萨利·波特（Sally Potter）执导，改编自弗吉尼亚·伍尔夫（Virginia Woolf）的小说《奥兰多》（*Orlando：A Biograhpy*）。影片曾提名第66届奥斯卡最佳艺术指导奖、最佳服装设计奖，并获得第6届欧洲电影奖最佳青年电影。

本片带有浓厚的幻想色彩，讲述了一位生活在伊丽莎白一世时期的贵族奥兰多，年轻时受到女王的宠幸，得到"Do not fade.Do not wither.Do not grow old.（不褪色，不枯萎，永不老去）"的赐福。在奥兰多30岁的时候，他由男性变成了女性。从1600年起的400年间，奥兰多经历了各种奇遇和事件，最终成为一位20世纪的独立女性。

奥兰多从男性变为女性，在不同的经历里成长，最终以一个中性的形象结束。无论是伍尔夫还是萨利·波特，她们都想要打破社会对于性别的限定，打破对于单一性别固有的理念。在这400年时间里，导演萨利·波特以七个篇章来展现各个时期的面貌。奥兰多的一生，结合了"死亡""爱情""诗歌""政治""社交""性""新生"七个阶段，他不停地成长，而非老化。

→ 男性使命的终结

人终有一死。伊丽莎白时期的奥兰多与老态龙钟的女王相比，他英俊、年轻、貌美。女王赐予他城堡，但唯一的要求就是让他"不褪色，不枯萎，永不老去"，或许是希望自己永不老去的愿望能在奥兰多身上实现。老去、死亡，这是一个终极难题，也成了书中第一章奥兰多追寻的问题。在送葬时，奥兰多面对自己继承的城堡和爵位，多少有些迷茫和恍惚。

有死必有生，有生必有爱恨。在没有遇到俄国公主萨沙之前，奥兰多认为婚姻只是一个规约，能够继承爵位和财产。但是，当他们相遇后，他发现爱情才是一个男人和一个女人结合的根基。他不顾一切地追随着俄国公主，甚至放弃他的未婚妻，只是留给镜头一句话："人要尊崇他的内心。"然而，这一场爱情的追逐，奥兰多失败了。

在经历了失败的爱情后，他又将自己投身于艺术，开始写诗。不过，好景不长，他的作品被他所资助的一个诗人批评得一文不值后，他沮丧地终止了。投身艺术未果的奥兰多很快将精力转向政治。他去沙漠饮酒，月下听歌，带着世界大同的美好愿望来到土耳其，但被战争的私欲摇醒。外敌入侵，投身战争的奥兰多绝望地发现战争是对于个体生命的肆意扼杀，是父权社会血腥暴力的象征。

最终，奥兰多逃离了战场。他经历了一个男人所要经历的一切，名望、爱情、艺术、政治。他没有找到他想要的"伴侣"，后来他沉沉地睡去。

→新生的开始

一觉醒来后，他成了她。然而，奥兰多并不惊讶，只是说，同样的人只是不同的性别而已。此刻，她回到了英国。换上女装的奥兰多十分讨厌那一身臃肿且烦琐的衣服。视角的转变，表现了创作者的女性主义立场。

成为女人的奥兰多进入社交圈，吸引了很多男性，但是她发现男性只是注重女性的魅力，只是想要将她们作为附属品。奥兰多十分抗拒这种附庸关系，她拒绝了亨利的求婚，在迷宫中奔跑。她似乎再一次开始询问上天：我到底是谁？

英国工业革命时期，人类社会进入大机器时代；美国内战，人类开始探寻自由平等，冒险家夏默丁作为一个全新的带有自由平等的开放思想的时代使者降临人间。他的出现，彻底解放了奥兰多的心怀，也只有他这样一个完全没有性别歧视、完全不同于亨利之流的男人，才能够成全奥兰多作为一个女人天然应该享受到的自由、平等与欢愉的性爱生活。

当初青涩的少年，已经成为一个成熟的女性。这与性别无关，而是人类的成长。经历了400年的奥兰多，已经慢慢地寻找到自我，了解到心中所追求的。她告别夏默丁，在战火中走向新生，有了女儿，成为母亲，拥有事业，经济独立，骑着摩托车在现代社会中自由奔走，不再需要去依附于任何人。

→ 《莎士比亚十四行诗》第29首

电影中引入了《莎士比亚十四行诗》的第29首。当奥兰多受到爱情的创伤后，在"诗歌"这章的开始，他就朗诵了第29首诗的前四行：

> 我一旦失去了幸福，又遭人白眼，
>
> 就独自哭泣，叹人家把我抛弃，
>
> 白白地用哭喊来麻烦聋耳的苍天，
>
> 又看看自己，只痛恨时运不济。

爱情的失败让奥兰多转而投身于文学艺术之中，当他读到第29首时是满怀希望的，认为可以在创作中找到自身的价值。然而，剧情又急转直下，当他满怀希望地将自己的手稿交给他资助的诗人看时，反而遭到那人的嘲讽。这首诗歌的出现也预示了影片后面奥兰多再次遭遇灵魂的创伤。诗歌第一节中"失去""独自""哭泣""抛弃""哭喊""痛恨"等词语都符合奥兰多时运不济的处境。

奥兰多坐在书架前，饱含感情地读着诗歌，相比他在伊丽莎白女王面前读诗的样子，此时的奥兰多已经有了一份成熟稳重的气质。

奥兰多对于诗歌与写作的狂热从第一幕开始就可以发现，而导演单独将"诗歌"拿出来作为一个章节，更显现了伍尔夫对于表现奥兰多喜爱诗歌的偏执。

→雌雄同体

尼采说："任何顶级艺术都是雌雄同体的。"

柏拉图说："人本来就是雌雄同体的。"

周国平说："最优秀的男女都是雌雄同体的。"

在影片的一开始，旁白就告诉我们：奥兰多对自己的性别没有疑问，他拥有一切，与世隔绝，将来画像也会挂在墙上。尽管得到了包含权力、土地、财富在内的遗产，不过奥兰多自出生之后，他所暗暗寻找的并不是这些，而是一个伴侣。如果你以为"伴侣"是指陪伴自己的另一个人，那么就错了。他所要寻找的"伴侣"是自身所缺失的那一部分。

当我们看到奥兰多梳着辫子，穿着男装，开着摩托车穿梭在20世纪的时候，才发现伍尔夫的伟大。的确，变成女人的奥兰多才得以完整了。在这400年里，经历了死亡、爱情、艺术、政治、社交、性、重生之后，变成女人的奥兰多终于找到了自己的"伴侣"。其实，那就是雌雄同体的自己。

最后，奥兰多坐在树下，泪流满面。女儿问她为何悲伤，她说自己并不是悲伤，而是感到非常快乐。之后，我们可以看到一个天使在天空中唱道："我最终而来，既非女，也非男，你我合二为一，永不分开。我在尘世，我在苍穹，我正在绽放，我正在凋零。"是的，现在的奥兰多已经是具备雌雄同体心性的奥兰多。

的确，这世间最优秀的男女、最伟大的灵魂必是雌雄同体。所以，伍尔夫写了由男人变成女人的奥兰多；金庸先生写了由男人变成女人的东方不败——东方不败要想练成葵花宝典，必先自宫。或许，金庸先生发现，绝世神功必是拥有男人和女人双重心性的人才能练成。又或许，他们都深知一个道理：人本身就该是雌雄同体的。

《可可·香奈儿》：
时尚，就是女性自己

我的时尚永远不会过期，

时尚就在我们身边，

她总是随着人的思想、人的情感在变，

她就是我们自己。

→电影简介

影片《可可·香奈儿》（*Coco Chanel*）于2008年上映，由克里斯丁·杜瓦（Christian Duguay）执导。电影的一开始，雪莉·麦克雷恩（Shirley MacLaine）饰演的老年香奈儿展开了回忆——她传奇的一生。

香奈儿倾注一生心血，将自己奉献给了那个我们耳熟能详的奢侈品品牌。时光穿梭回少女时代的香奈儿，由巴博拉·伯布洛瓦（Barbora Bobulova）饰演。在香奈儿出生前，她的父母还没正式结婚。香奈儿六岁时，她的母亲去世，之后她被父亲抛弃在修女院。香奈儿在那里学习了针线技巧。离开修女院后，她在一家裁缝店里当女工。

在这段时间，香奈儿认识了一名富有的军官英国艾提安和英国工业家鲍伊。成为艾提安的情人后，香奈儿离开了裁缝店，住进了他的大房子。然而，好景不长，尽管艾提安为她打开了另一个世界的大门，但由于身份的悬殊，她没有得到艾提安的婚姻承诺。被伤了自尊心的香奈儿负气离开。

在鲍伊的帮助下，香奈儿在巴黎开设了一家帽子店。鲍伊还为她介绍了很多名流客人。香奈儿的帽子简洁高贵，深受女士们的喜爱。然而，做帽子已不能满足她对时装事业的雄心，香奈儿开始进军高级定制服装领域。战争期间，香奈儿为妇女们提供了方便的战时服装，轰动一时。尽管事业一直红火，但是感情又遭受了重创。战后，鲍伊娶了他父亲的教女，之后葬身于一场车祸。香奈儿心痛万分，将所有的精力都投入到她和鲍伊共同创立的事业之中。

→不死的精神

"失败固然痛苦，维持原状则更为悲哀。"

——可可·香奈儿

法国历史学家安德烈·马尔罗说："这个世纪的法国，只有三个名字会流传于后世：戴高乐、毕加索和香奈儿。"由此可见，香奈儿在法国历史上的地位——她改变了整个时代。

20世纪三四十年代，第二次世界大战爆发，香奈儿将店铺关掉，避居瑞士。1954年，香奈儿重返法国，并决心东山再起。电影的一开场正是老年香奈儿回到巴黎时上演的一场失败的秀。时尚界人士和高端客户非常失望，认为"香奈儿"已死，纷纷离场。报纸上恶评如潮，老搭档甚至带来了卖掉店铺的合同……如果大家以为香奈儿会退缩，那就错了。比起一生经历的种种，这场失败算什么？她说："我的成功完全来自于那些失败。"这就是香奈儿，不慌不忙地开始着手筹划第二场秀。

我们总能在香奈儿身上看到一种魔力——向死而生的精神。影片中，她将侄女一身烦琐的礼服大刀阔斧地改造一番，说道："衣服的材料并不重要，重要的是视觉效果。"她为侄女喷上香奈儿香水，告诉所有人："不擦香水的女人是没有未来的。"观众突然看到了一只不死鸟正在展开翅膀，宣告她的归来。时光荏苒，她依旧站在时尚的最前端。

电影中，我们总能听到香奈儿对时尚非常超前的理念，也正是她的别具一格才造就了"香奈儿"这个品牌。从穿裤装的先河，到"双C"的诞生，到香奈儿五号的盛名，再到小黑裙的流行，优雅、端庄、经典，这一切都是香奈儿创造的神话。

香奈儿解放了女性的身体。她坚持为女人做衣服，让女性的身体得到最大的舒适和自由；她认为女人的身体决定了她们该穿什么样的衣服，而不该被衣服所束缚；她认为女人不该因为她们的丈夫去打扮自己，而是因为她们自己。香奈儿的衣服始终站在女性的角度。战争期间，正当巴黎的服装大师还在采购羊毛、丝绸、天鹅绒时，香奈儿却独辟蹊径购买了大批的平织布料，她说："富人已经雇用不了穷人了，而穷人们则更需要工作。"

香奈儿拥有他人无法企及的才华，拥有超越时代的独立和自我，在那个时代是弥足珍贵的。她一路逆流而上，才创造了如今的香奈儿帝国。

在影片的结尾，老年香奈儿依旧坐在楼梯上，看着模特们慢慢地走下楼梯，那一刻她也许是骄傲的，也许还有一丝忐忑。当所有人都站起来为她喝彩的时候，她不禁心潮澎湃：她还是她，让所有人敬重。她始终没有放弃，直至今天我们都能感受到香奈儿帝国的神奇力量。我们终于明白了那句话："要做到无可替代，那就必须与众不同。"

→爱过，孤独终老

在香奈儿的生命中有过两段重要的感情。军官艾提安是她的初恋，为她打开了一扇通往上流社会的大门，但是他不懂得珍惜香奈儿的感情和才华。香奈儿像一只被他豢养的笼中鸟，失去了自由和自我。而香奈儿这样一个独立自主的女性是不会忍受寄人篱下的生活的，她选择了离开，去实现自己的梦想，去赢得真正的尊重。

在第二段感情中，英国工业家鲍伊的资助让香奈儿迈向成功。如果没有鲍伊，香奈儿不会有机会让大家看到她的设计。鲍伊是可可一生的至爱，一位可以与之心灵相通的精神伴侣。不过，她拒绝了他的求婚。她说："当我不那么依赖你的时候，我才可以嫁给你。"她太珍视感情，所以才想要在自己完全独立后再接受他。她不能做他的附庸，更不想重蹈覆辙。如父如兄如师如友，鲍伊是她此生最爱的男人。在他死去的时候，她承诺："我要让全世界的女人为你穿上黑衣。"

这两段感情里，香奈儿自始至终都是一个局外人。最后，她将自己所有的精力都投入到工作中。直至70多岁，香奈儿都站在自己的工作台上。

香奈儿应该谢谢他们曾来过。虽说这两个男人没有给她一个温暖的家庭，但让她实现了自己的梦想。最后，这个终身未嫁的女人建立了自己的王国，死在了工作台上。用婚姻换盛名和独立，这是她的选择。

香奈儿的选择是无可厚非的。没有人会懂得，在她最需要他们的时候，他们都离开了。曾经，她也渴望过家庭和婚姻，但是他们都给不了。香奈儿的出身直接限制了她所向往的婚姻。最后，香奈儿彻底清醒，她只能靠自己，也只有自己才不会辜负自己。

其实，很多女强人都深谙一个道理——她们只能靠自己。的确，你曾以为他们可以给你你想要的幸福和婚姻，但最终他们都离开了，只留下孤独的自己。如果家庭和事业不能两全，那么最终的抉择就看你想要什么。婚姻不是目的，也不是女人的彼岸。一个女人的人生价值绝非要用家庭和婚姻来实现，而是自我价值的实现。

我们应该始终记住香奈儿说过的那句话："我的时尚永远不会过期，时尚就在我们身边，她总是随着人的思想、人的情感在变，她就是我们自己。"她告诉我们，女性自己才是引导一切的主人，生活、感情、时尚，这就是她留给这个世纪最大的财富。

《铁娘子》:
铁骨柔情

在我的时代，没有女性会成为首相。

——玛格丽特·希尔达·撒切尔

→影片简介

电影《铁娘子》（*The Iron Lady*）是一部记录英国第一位女首相玛格丽特·希尔达·撒切尔（Margaret Hilda Thatcher）的传记片，由菲利达·劳埃德（Phyllida Lloyd）执导，梅丽尔·斯特里普（Meryl Streep）等人主演。

老年的撒切尔夫人（梅丽尔·斯特里普饰）患上老年痴呆症，总是看到深爱的丈夫一直出现在身边，其实她的丈夫早已去世。她的生活总是在幻觉和回忆中转换：

撒切尔夫人出身贫寒，作为杂货店店主的女儿，年轻时饱受世人的白眼。然而，在聆听了保守党的演讲后，她坚定了自己的政治信仰，并以优异的成绩考取了牛津大学，尽管在第一次议员选举中落败，但她收获了真挚的爱情，从此坚定了自己从政的道路。后来，她慢慢走到了保守党魁的位置，并最终在选举中大胜，成为英国历史上第一位女首相，组建了自己的内阁。

面对纷繁复杂的国内外局势，她推崇的自由市场政策饱受争议，但是她用过人的智慧和超强的忍耐力，控制住了纷争的局面，凭一己之力拯救了英国经济。马岛战争是撒切尔夫人政治生涯的转折点。这场战争捍卫了领土主权。她利用马岛海战稳固了自己的统治地位，支持率也成倍增加，并在第二年获得连任。

→ "梅姨"的神话

一名演员的唯一工作就是去演绎那些和我们完全不同的人的人生，并让观众感同身受。

——梅丽尔·斯特里普

17次提名奥斯卡获得3座小金人，戛纳影后、柏林影后，22次提名金球奖9次获奖，2次获艾美奖……她被称为好莱坞最会演戏的演员。

尽管斯特里普本人并不支持撒切尔夫人的政治主张，但她给予了这个角色尽可能多的人性和理解。在塑造角色时，她从女性工作和实现梦想的角度出发，因此撒切尔夫人并非一个令人讨厌和害怕的政治家，而是一个有血有肉的女人。

在众多的明星里，梅丽尔·斯特里普是个特别的存在，她美貌与才华并存，凭着出神入化的演技撑起了好莱坞的天空，让所有人为之惊叹！她的表演可以给人们一种享受，并且能够引起观众的共鸣。从家庭主妇（《廊桥遗梦》）到一代政治女强人（《铁娘子》），从犹太受害者（《苏菲的选择》）到时尚女魔头（《穿普拉达的女魔头》），她的戏路无比宽广。观众总是在不经意间发现，原来影片的女主角竟然又是"梅姨"！她又称霸了这一年的获奖舞台。

→铁娘子：权力之路

我不会成为这样一个女人，安静地待在丈夫怀里的花瓶，或者独自站在厨房里刷盘子，人一生必须有意义，丹尼斯。不止局限于做饭，打扫和看孩子。人生的意义不止于此。

——《铁娘子》

在20世纪整个80年代，撒切尔夫人是英国最有权势的女人。从1979年开始，她做了11年多的首相，生命中的每一天都像是在战斗。平民出身的撒切尔夫人在英国保守党这一男性主导的世界里，以一种无法逆转的强势姿态粉碎了与性别、阶级有关的阻碍，成了世界上最优秀的女首相之一。

年轻时的撒切尔夫人就明白自己虽是女人，但绝不可依附于男性。在第一次竞选失败后，丈夫丹尼斯向她求婚时，她说自己永远不会成为一个只会挽着丈夫的手臂保持安静和优雅的女人，或者独自在厨房里刷盘子的女人。撒切尔夫人从年轻的时候就懂得女性该保持自我人格的独立，并且要有一番作为。在撒切尔夫人执政的那些年，她风格强硬，被苏联《真理报》称为"铁娘子"。她并不反感这个绰号，反而将之当成荣誉徽章。在赢得的那三次英国大选里，她将这一绰号视为自豪的资本。

只是，由于她不断出台具有争议性的政策，尽管在1987年赢得了史无前例的第三次连任，可此后的政治路途非常艰辛。她被媒体称为"牛奶掠夺者"：作为福利的一部分，英国学校有免费给学生发放牛奶的传统。然而，在撒切尔夫人担任英国教育大臣期间，她不顾舆论的反对，取消了英国学校的免费牛奶。

1981年3月1日起，被关押在监狱中的爱尔兰共和军成员分批进行绝食。在长达七个月的绝食中，撒切尔夫人的铁石心肠给所有人留下了深刻的印象。撒切尔夫人在下议院发表演说，声称："对共和军囚犯让步，就等于给他们颁布屠杀无辜的许可证。"当年，有人批评她漠视失业劳工，告诉她作为一个女人应该有同情心。可是，撒切尔夫人的丈夫丹尼斯说，"同情"这个词从来就没有出现在她的字典里。

由于慢慢失去了民心，以及中产、企业和商界的核心支持，撒切尔夫人不得不在1990年11月辞去首相职位。2013年4月8日，撒切尔夫人因中风病逝，终年87岁。很多反对者走上街头庆祝她的死亡，高呼："老巫婆死了！"部分工党议员反对用纳税人的钱支付撒切尔夫人的葬礼费。

一路走来，尽管撒切尔夫人备受争议，但她还是给了当时以及现在的女性莫大的鼓舞。的确，女人的一生不该围着丈夫和家庭转，还应该有很多的事情去做，寻找自身的价值和意义。

章四

抗争，世间最温柔的

力量

在沉浮之中，她们一直都在与世界抗争，偏见、轻视、漂泊、孤独……

她们是这世间最温柔的力量。

《七月与安生》：
在漂泊与安定间抗争

安生：我遇见你，所以我喜欢你。

七月：我喜欢你，所以我陪伴你。

→影片简介

电影《七月与安生》于2016年9月14日上映，改编自安妮宝贝（庆山）的同名小说，由曾国祥执导，陈可辛监制，马思纯和周冬雨分别饰演七月与安生。在第53届金马奖颁奖礼上，本片成就了金马历史上第一对"双黄"影后。

影片的一开始，一部作者署名为林七月的小说在网络上面世，并且引起了影视公司的关注。影视公司找到了林七月的朋友李安生，希望能够联系到作者。于是，一段关于林七月和李安生之间的友情，以及两人与苏家明之间的爱恨纠葛慢慢浮出水面。

13岁那年，七月与安生相识于中学。一个是恬静的乖乖女，一个是张扬的淘气女。尽管她们性格不一样，但是命运就是这么神奇地让她们慢慢靠近，相互吸引，成了好朋友。她们形影不离，彼此陪伴。一切都那么美好，然而在她们18岁时，一个叫苏家明的男孩闯入了她们的生活。

七月告诉安生，自己喜欢上了一个叫苏家明的男孩。就这样，这个叫苏家明的男孩也开始搅乱了安生的生活。在七月和家明在一起后，安生选择了离开。安生愿意为七月做一切，只是希望能得到一丝温暖。后来，她戴着家明的玉佩开始到处流浪。

七月与家明考上了大学，而安生依旧在流浪，只是每去一个地方都会给七月寄一张明信片，上面写着：问候家明。时光匆匆，毕业后，家明选择了去北京发展，而七月选择回家过安稳的生活。在这段时间里，家明和安生相遇了……就这样，家明开始摇摆于七月与安生之间。最后，他选择回去和七月结婚。只是在婚礼前，七月让家明离开了，自己也离开了那座城市。从此，七月开始了流浪，而安生选择了稳定的生活。然而，这只是那部流行于网络中的小说的结局，真正的结局是：七月有了家明的孩子，生下孩子后因为大出血离开了人世。

最后，谜底才揭晓，这部网络小说的作者并非林七月，而是李安生。

→ **意象解码**

影子。在影片里有这样一句台词："有时候七月是安生的影子，有时候安生是七月的影子。她们在书里读到，如果踩住一个人的影子，那个人就一辈子都不会离开。"影子是一个人不可缺少的一部分，从这点也意味着七月与安生其实就是同一个人。

跑步。家明喜欢跑步，从十八岁认识安生那年就开始了这一习惯。跑步可以让一个人集中注意力，忘掉暂时的烦恼。安生问家明跑步的时候在想什么，家明说跑步的时候可以什么都不想，心里很平静。《东邪西毒》里有一句话："你越是想知道自己是否忘记的时候，反而会记得更加清楚。"当家明越是想通过跑步忘记安生的时候，他反而记得越清楚。

玉佩。安生离开的时候戴着家明的玉佩走了。玉佩是贴身之物，靠着心脏的位置，象征着佩戴者的灵魂。玉佩是家明的护身符，而他送给了安生，这意味着他的灵魂也随着她去流浪。就算后来他和七月在一起，但是灵魂深处想的仍旧是安生。

→安妮宝贝和庆山

从2000年开始，安妮宝贝这个名字开始被广大读者熟知。在她还是安妮宝贝的时候，她辞去了工作，开始了写作与游荡并存的生活。从第一本《告别薇安》出版开始，至今已经17年。是的，大家永远都不会忘记她刚出道时笔下的女主人公：白色的棉布裙子、海藻般的长发、失眠、喜欢蜷缩睡觉、名字叫安……流浪、宿命、漂泊，这一切都是她生活的写照。这都是都市人孤独的状态——灰暗、颓废、虚无、阴冷。那些女主人公都是城市中的游离者，像是站在清冷的高山上，落寞地看着这个喧嚣的世界。

后来，她从一个游荡的女子成了一位母亲，也从安妮宝贝成了庆山。2014年6月16日，在新书《得未曾有》出版前，安妮宝贝宣布改名为"庆山"。她在微博中这样解释道："这本新书会由新的名字来出版。以现在的状态和心境，我选择了一个简单的名字。更多理解是在意会之中，因此无须解释太多。这次改名不代表安妮宝贝这个名字的消失。如同一棵树长出新的枝干，一个旅人走到新的边界。你可以照旧一直称呼我为安妮或者安，它融化于这个新名字之中，有它自己的存在和位置。"

当听到"庆山"这个名字时，曾经爱她的读者们不免有些陌生，毕竟安妮宝贝陪伴许多80后和90后走过了青春。当年的安妮宝贝似乎成了一个时期的象征。那个时候，她被众人评头论足，文风华丽、阴郁、矫情。然而，就算再多的批评也无法抵挡安妮宝贝在年轻人中刮起的这阵旋风。

我也不得不承认，自己的文风和生活也着实被安妮宝贝影响过。那个时候，我向往安妮宝贝笔下女主人公的生活——孤独、流浪、自由、如风。她们从来都游离于尘世之外，冷静且漠然地看着这一切。

经年之后，安妮宝贝似乎回归到一个特别平和的状态，如今的我们也长大成人。大家似乎都不想承认自己曾迷恋过她，而她似乎也在用"庆山"这个名字和过去的自己分别。她现在的人生似乎就像影片中安生的人生：后来，安生成了七月；现在，安妮宝贝成了庆山。

即便如此，我们依然爱她，因为安妮宝贝和庆山依旧是一个人。

→凝望的人生

其实，每个女孩的身上都有着七月与安生的影子，那是一个人自我的两面。七月与安生，从来都是互为一体，没有隔离。怎会有纯粹的七月？哪会有纯粹的安生？

在第53届金马奖颁奖典礼上，当冯小刚说出金马影后的得主是周冬雨的时候，马思纯显然有些失落。不过，随后冯导又接上了一个名字——马思纯。那个时候，所有人都释然了。后来，马思纯说，这是电影最圆满的结局，因为七月与安生本来就是一个人。的确，这才是最圆满的结局。

现实中的女孩们，一直都在寻找、凝望和歆羡着另一种人生。那些选择了安稳生活的姑娘会向往颠沛流离的自由生活，而那些奔波在旅途中的姑娘则会期盼有个温馨且舒适的家。其实，七月、安生、家明，这三个主人公都是一个人。影片中的苏家明就是我们矛盾的内心，在安稳与漂泊之间摇摆。姑娘们希望能成为一个温婉的妻子，有着安定的家庭生活、蒸蒸日上的事业，但是自由、洒脱、无拘无束的生活对她们来说又像是海洛因般令人向往和着迷。

其实，现实中绝大多数姑娘都是七月，选择了安稳。安生就是她们永远骚动的灵魂与内在。正如陈奕迅唱的那句："得不到的永远在骚动，被偏爱的都有恃无恐，玫瑰的红，容易受伤的梦。"那个漂泊的灵魂，永远都是撩人的红玫瑰。

漂泊与安定，两者相互凝望和注视着，无论你选择哪种人生，都会有遗憾，都不会满足。不过，如果没有这种彼此歆羡的矛盾，这样的人生一定是非常无趣的。原来，内心住着两个灵魂是上天赋予我们最珍贵的东西。

《风月俏佳人》:
再卑微的爱都需要尊重

人世间的爱情大抵如此:

灵魂的平等、同等的爱和尊重。

→影片简介

电影《风月俏佳人》(*Pretty Woman*)于1990年上映,由加里·马歇尔(Garry Marshall)执导,理查·基尔(Richard Tiffany Gere)、朱莉娅·罗伯茨(Julia Roberts)、劳拉·桑·吉亚科莫(Laura San Giacomo)等人主演。女主角的扮演者朱莉娅·罗伯茨因本片提名第63届奥斯卡金像奖最佳女主角,并获得第48届美国金球奖最佳女演员奖。

影片讲述了一位出身卑微的妓女薇薇安(Vivian Ward)和一位与其身份悬殊的亿万富翁爱德华·刘易斯(Edward Lewis)之间的爱情,是一部好莱坞版的麻雀变凤凰的故事。尽管大银幕已演绎了无数灰姑娘的故事,但这部20世纪90年代描述妓女和钻石王老五的爱情影片仍旧是每个人心中的经典。

爱德华去洛杉矶出差,因突发状况迷路了,不知不觉将车开到了红灯区。在一个红灯路口,他遇到了一位年轻漂亮的妓女薇薇安

（朱莉娅·罗伯茨饰）。薇薇安误以为爱德华是客户，在好友凯特（劳拉·桑·吉亚科莫饰）的鼓励下，上前与爱德华搭讪。原来凯特是一个吸食可卡因的瘾君子，她拿走了薇薇安的房租钱购买毒品，无奈之下便怂恿薇薇安勾引爱德华。薇薇安由于房租压力，在爱德华问路后主动上车，后随爱德华到了酒店。爱德华觉得薇薇安很特殊，于是他又继续"雇"了她一夜。

爱德华要谈一笔收购船舶公司的业务，其律师菲利普希望他能带女伴同去，于是爱德华决定花3000元聘请薇薇安一个星期，作为女伴参加交际活动。薇薇安答应了爱德华的要求。在和爱德华一周的相处中，薇薇安由里到外进行了一次大换血。在酒店经理的帮助下，她穿上晚礼服，学习基本的用餐仪式。她陪同爱德华参加各种宴会，认识了许多上流社会的人。他们渐渐相爱，无法离开对方。

当菲利普听说薇薇安是妓女后，竟然用语言羞辱她，甚至还要动手。爱德华出手教训了他，但爱德华还是没能做出身份的让步，只能在物质上补偿薇薇安。然而，薇薇安并没有拿走这七天该得的报酬，因为她想要的远比这个重要。

雇佣关系结束后，爱德华想要出钱把薇薇安安置在纽约的一个公寓里，但被她拒绝了。薇薇安回到了自己的公寓，并决定去上学，开始新的生活。正当她准备出门时，爱德华的车停在了门外，两人像童话故事中的王子和公主紧紧相拥。

→《莎士比亚十四行诗》第29首

影片中出现了《莎士比亚十四行诗》第29首中的两行诗句。在这部灰姑娘式的故事中，薇薇安将许多女孩的梦想变成现实，其纯粹、自然的青春形象令人挥之不去。在男主人公休假时，他们在公园的树下读书。爱德华手捧《十四行诗集》为薇薇安朗诵，画面中传来了以下两行诗句：

> 白白地用哭喊来麻烦聋耳的苍天，
>
> 又看看自己，只痛恨时运不济。

原诗表现了诗人在遭遇困苦时，友情或爱情能消除他心中的一切愁云惨淡。也许薇薇安并不能听懂这首诗歌，但这显然是男主人公对薇薇安的怜爱与安慰，对于她命运的同情。莎士比亚的诗更像是展现二人身份落差的象征，而这也恰恰体现了薇薇安不自怨自艾的自尊俘获了爱德华的心。通过这首诗，我们看到了一位虽然命运不好但还是积极向往着美好生活的薇薇安。

→童话故事里的尊严

在影视剧里，尤其是韩剧里，我们总是能看到许多身份悬殊的爱情故事。然而，这次王子和灰姑娘的故事发生在好莱坞，在一个妓女和一个百万富翁之间，他们从相识、相知，再到相爱。很多观众都会吃惊，为什么是好莱坞？也许，任何一个地方都会期待着童话故事的发生。当然，这样的童话是有尊严的。

行为举止粗枝大叶的妓女薇薇安想要攀上富翁的可能性几乎为零，毕竟她们这个群体是被社会歧视和忽视的。然而，童话就是要让不可能的事情发生。一开始，薇薇安是为了交房租，答应了爱德华的雇佣关系。在相处中，她看到了不一样的世界，自己也进行了一次大改造。然而，童话总是要结束的。一周后，她又变回了那个灰姑娘。这个时候的她似乎又换了一次血。当王子希望用金钱去补偿她的时候，她断然拒绝了，因为她已经爱上了他。这就意味着薇薇安希望得到同等的爱和尊重。

这则童话告诉了我们：一段感情中尊严和灵魂平等的重要性。如果薇薇安答应了爱德华搬入纽约的公寓，那等同于换了一个地方卖身，和之前的自己有什么区别？她是需要钱去交房租，但是当她发现自己爱上他时，一切都成了身外之物。此刻的她需要被尊重。

很多时候，爱情过多地沾染上铜臭味后就变了样，变成了依附。就算是身份不平等的爱情都应该被尊重。如果因为差别而受到了嘲讽，那就不要再进行下去。你应该告诉他，你要的是尊重和同等的爱，人世间的爱大抵如此。

《小姐》：
柔弱的呼声

女人，即使再柔弱，

你都有反抗的权利。

→影片简介

电影《小姐》改编自英国作家莎拉·沃特斯的小说《指匠情挑》，由朴赞郁执导，金敏喜、金泰璃、河正宇、赵震雄等人主演。该片入围第69届戛纳国际电影节主竞赛单元金棕榈奖，美术导演柳成熙在戛纳国际电影节上获得技术Vulcan奖。此外，本片还荣获第37届韩国青龙电影奖最佳女主角奖、最佳新人女演员奖、最佳美术奖。

20世纪30年代日本殖民统治朝鲜时期，贵族秀子小姐（金敏喜饰）继承了巨额财产，从小被作为姨父的艳情插画小说家上月教明（赵震雄饰）收养。在外人看来，秀子小姐是个娇生惯养的温室之花，然而她其实是被姨父培养接替死去姨母去演绎情色朗读会的当家花旦。觊觎其财产的骗子藤原（河正宇饰）冒充伯爵欲娶秀子为妻，计划得逞之后便以秀子患上精神疾病为由将其送入精神病院。为了实现自己的阴谋，伯爵将出生在小偷世家的南淑熙（金泰璃饰）送到秀子的身边担任女佣，以此里应外合，秀子的万贯家财便是他们的囊中之物。

然而，在南淑熙眼中，秀子天真脆弱、善良敏感。随着时间的推移，朝夕相处的两人产生了真挚的情谊。伯爵虚伪贪婪的假面孔慢慢让南淑熙恶心。不过，面对诱人的报酬，南淑熙选择了背叛：在她的游说之下，秀子和伯爵私奔，举行了结婚仪式。可就在此时，事情发生了反转。南淑熙被秀子和伯爵送进了精神病院。

不过，最终剧情又一次反转：小姐并没有和骗子伯爵远走高飞，而是和南淑熙携手上演了一出好戏，将伯爵和姨父这两个男人给耍了。两个女人冲破层层礼教和阻拦，乘坐逃往上海的客船，终成眷属。

→女性主义的崛起

电影中女同的戏份只是外壳，内里要复杂得多。朴赞郁导演像是在电影中塑造了两个在男权社会的桎梏下挣脱的女性形象。他曾在戛纳坦言这是一部女权主义电影，因为在韩国国内，性别歧视这种问题依然非常严重。无论对于朴赞郁本人还是韩国电影来说，这种尖锐的话题无疑是一种突破。

影片中的男性角色显得粗暴并令人厌恶。姨父的图书馆俨然成了男权社会的象征。秀子接替了死去的姨母，在这座图书馆中为聚集的绅士们朗读情色文学，包括《金瓶梅》和萨德公爵等人的著作。姨父在图书馆的门口放了一条蛇，这代表了规则和权力，是为了震慑女仆们，不允许她们擅自进入图书馆。最终，我们还是看到了姨父的地下室，那象征着一种无形的力量，牵制着秀子。地下室收集了很多色情书籍，并且里面还有对女性的施虐工具——巨大的章鱼。原来，姨母就是因为这个而死，并非自缢。在那种环境的桎梏下，秀子非常痛苦，但又无能为力。

最后，两个女人离开大宅前愤怒地烧毁了所有让自己作呕的书籍，也砸掉了蛇的头部。这一举动意味着女性意识的觉醒与反抗，代表着小姐获得了自由。

→反抗的权利

在现代社会中，人人都在倡导男女平等，但是男女依旧不平等。女性依然在男权社会的统治下生存、挣扎。在就业中，男性显然要比女性容易得多；在家庭中，绝大多数男性掌握着话语的权威。似乎，千百年来，女性最该扮演好的角色就是贤妻良母，剩下的就都是男人们之间的游戏和厮杀了。男性似乎也习惯了这种状态：结婚生子，之后就将一切扔给女人，认为她们理应顾全大局、保障后方。女性在这样压抑的环境里牺牲了自己的梦想和工作，全身心投入到家庭里。然而，最终很多女性换来的是背叛和欺骗。电影让大家看清了一个事实：女性应该有反抗的权利。

性侵犯、家庭暴力、性别歧视……这些新闻在女性身上时有发生。她们总是处于被动的状态中。不得不说，当两个瘦弱的女子将两个男人玩得团团转时，很多女性心中是拍手称赞的。就像社会中出现撒切尔夫人、希拉里、董明珠这样颇受争议的女强人时，我们还是由衷地支持，至少她们的出现意味着女性力量的崛起。每一小步都会推进某一愿望的实现，性别问题终会慢慢解决。

即使呼声再柔弱，我们都应该用力去抗争——不低头，不放弃，永不妥协。

章五

江湖，策马扬鞭仗剑天涯

她们一身侠气，游走沉浮于红尘中。

她们是女中豪杰，执剑舞春秋，书写自己的江湖。

然而，情不知所起，一往而深。

错就错在，她们都动了情。

《笑傲江湖Ⅱ：东方不败》：
不败，毁于动情

武功盖世又如何？

芳华绝代又怎样？

最后，她还是输了。

输给一个"情"字。

→影片简介

电影根据金庸小说《笑傲江湖》改编而成，由程小东执导，徐克编剧，李连杰、林青霞、李嘉欣、关之琳等联袂出演，可谓大咖云集。

在计划与日月神教的朋友会面后，令狐冲（李连杰饰）决定和小师妹（李嘉欣饰）等华山派兄弟退隐江湖。偶然中，他发现日月神教教主东方不败放逐任盈盈（关之琳饰），囚禁其父任我行，勾结日本浪人拦截朝廷军械，企图谋反称帝。于是，他便打算和任盈盈、蓝凤凰（袁洁莹饰）等人会合后救出任我行，联手铲除东方不败，夺回日月神教。在途中，令狐冲遇到一位倾国倾城的红衣女子，与之饮酒作诗，然而他并不知道，这位女子正是练就"葵花宝典"的东方不败（林青霞饰）。

之后，令狐冲的同门都死于东方不败之手。令狐冲上黑木崖报仇，才发现心上人即东方不败，不禁又惊又痛。迫于大义，他将她杀死。任我行重登教主宝座后铲除异己，又欲对令狐冲下手；令狐冲得盈盈密告，携师妹浪迹天涯。最终，在激烈的打斗中，东方不败坠入黑木崖。

→对酒当歌，红颜相伴

酒与美人，从来都是江湖英雄的标配，像是左手与右手的关系，缺一不可。若是独饮佳酿，那是何其惆怅和孤寂？若是只有佳人陪伴，那似乎又少了些浪漫和豪情。

令狐冲的酒壶从来都不曾离身。尽管身边有小师妹和任盈盈，但他每每对空独饮都略显寂寥。嗜酒如命的令狐冲因酒与东方不败结缘，而东方不败恰恰又长了一张绝世美颜。东方不败戴着面具从崖边飞过，惊鸿一瞥下，令狐冲的酒壶差点落下。令狐冲追上去问道："我的酒给你打翻了，快赔给我！"树杈揭开了东方不败的面具，露出来一张英气逼人的面庞。

令狐冲爱谁不好，偏偏爱上了东方不败，那个武功盖世、容貌颠倒乾坤、为世人所憎恶的人。那日，东方不败在湖中已练成"葵花宝典"，她对空长啸："葵花在手，江山我有！"

令狐冲在水边见到了东方不败。东方不败将令狐冲的酒倒掉，将自己的酒壶扔给他。他道："烈、纯、香、醺，四品皆全哪！"为什么他身边已经有了任盈盈、岳灵珊，但还是会倾心于东方不败？因为其他人都不曾真正走进他的内心，唯独东方不败——那个送他酒的"女人"。他将酒壶扔还给她，看她豪饮之下，酒洒在她的脸上，美得不可方物。此时的令狐冲被眼前的景象惊呆了。他说："美酒也要品者高，大家都是酒道中人。"东方不败将酒壶留了下来，和令狐冲相伴。他有她的酒，那是他的命。

后来，他带着东方不败穿花逐月、饮酒欢歌。他们相逢的那一刻，相视一笑。那一刻，东方不败的眼神是满足。他们坐在悬崖边，欣赏月光，东方不败一句话不说。令狐冲这样说道："也许你永远都不会知道我在说什么，那我们永远都不会有恩怨。"我们也希望时间能够永远定格于此。然而，幸福的时刻都是短暂的。东方不败毕竟不是一个不会说话的弱女子。

对酒当歌，红尘做伴，人生几何？唯有东方不败和酒才是他此生的知音。

→徐克的"女人们"

传统意义上的武侠片都是展现男性之美，而徐克从角色到场景无不展现出女性之美。徐克武侠中的女性永远都不止于美女，个个都成为华语电影里的经典女神，她们从来都有别于中国传统女性。单纯的三从四德、温文尔雅是不会出现在徐克的武侠片之中的。他将西方思想融入中国传统之中，人物生动且富有灵性。

徐克的"女人们"可以用妖媚和英气来形容，少了些柔弱，多了些侠义。她们摆脱礼教束缚，霸气行走于江湖之中，为爱痴狂。他喜欢那些超脱现实之外的女人，妖也好，女侠也罢，女性先锋形象也好，都是独立且拥有超人力量的。她们对于爱情都是执着的，更是决绝的。聂小倩、青蛇，还有东方不败，都是如此。

　　《笑傲江湖Ⅱ：东方不败》中的东方不败已成为银幕上的经典形象，那是真正的英气逼人。徐克这样评价林青霞饰演的东方不败："一百年才能出这样一位大美人。她的高贵，其实带着一种英气，比男人还英俊。"

　　徐克的武侠世界如梦如幻，他的"女人们"侠骨柔肠。多年后，我们终于明白了徐老怪的武侠和爱情。他成就了她们，而她们也点缀了他的江湖：《笑傲江湖Ⅱ：东方不败》里的林青霞，《青蛇》里的张曼玉，《倩女幽魂》里的王祖贤。她们成了他的经典。在他的江湖里，她们美得不可方物，令人窒息。

→动情后的劫难

　　动情，这是每个女人都逃不过的劫难。为何用"劫难"二字？为何爱情不能天长地久？也许这就是徐克想要诉说的爱情。是的，她曾骄傲无比、倾国倾城，立于江湖不败之地，无人能撼动，谈笑间樯橹灰飞烟灭，但是谁让她遇上了他？决战时刻，东方不败收回了她的毒针，而他的剑却刺向了她的胸膛。他是她的劫难，最后她败得一塌糊涂。她对他处处留情，最终他还是狠心对她下了毒手。

在爱情面前，很多女人都曾试着让自己变得百毒不侵、麻木不仁，但最后还是深陷泥淖、无法自拔。这不能怪她们，因为在爱情面前，再聪敏绝顶、孤傲一世的女人都会变得痴傻糊涂，就连东方不败也不例外。

令狐冲一直在追问东方不败，那晚和他在一起的是不是她。最终，她给了他最决绝的回答："我不会告诉你的，我要你记得我，让你后悔一辈子。"留给他无限怅惘。的确，"后悔一辈子"是对令狐冲最残忍的报复。有多爱就会有多恨。东方不败付出了深情厚意，但是她是他最大的仇敌；而他背负灭门之仇，必须将她毁灭。她一掌将他送回崖顶，自己却身着红衣，飘落崖底。

→你我都是江湖儿女

影片中，徐克借任我行之口道出了"江湖"的真谛："江湖……只要有人，就有恩怨，有恩怨，就有江湖。人就是江湖。"

> 天下风云出我辈，一入江湖岁月催。
>
> 皇图霸业谈笑中，不胜人生一场醉。
>
> 提剑跨骑挥鬼雨，白骨如山鸟惊飞。
>
> 尘事如潮人如水，只叹江湖几人回。

纵然令狐冲一心想退出江湖，可是他能退到哪里？只要有人，他永远都在江湖之中。最终，命运还是让他和东方不败扯上了千丝万缕的关系。有人的地方就是江湖，有江湖的地方就有爱情。

　　说实话，现在有很多人都在劝女性不要深陷感情的泥淖，但那真的是徒然。我们不是草木，怎会无情？对呀，再高傲的女性，遇上那个人也会败，一塌糊涂。练成"葵花宝典"之际，本该是他天下无敌之时，可他竟然从男人变成了女人，遇上了令狐冲，于是彻底输了。从此，她对镜理红装，只为令狐冲。

　　我们都是江湖儿女，再聪明绝顶的人都难逃爱情的劫难。那些行走于江湖的女人，武功盖世又如何？芳华绝代又怎样？最终，她们还是输了，输给了"情"字。

《一代宗师》：
念念不忘，必有回响

武林当中有这样一句话：

念念不忘，必有回响，

有一口气，点一盏灯，

有灯就有人。

→影片简介

影片《一代宗师》由王家卫执导，梁朝伟、章子怡、张震、宋慧乔、王庆祥、张晋、赵本山、小沈阳等人主演。本片作为第63届柏林国际电影节开幕电影，先后获得亚洲电影大奖最佳影片、香港电影金像奖最佳影片、金鸡百花电影节最佳影片等奖项。

1936年，佛山武术界乱云激荡。此时，八卦拳宗师宫羽田（王庆祥饰）年事已高，从北方来到广东佛山举办引退仪式。宫羽田担任的中华武士会会长职位引起了武林各路高手的觊觎。有人退，自然就会有人进。大家将目光都聚焦在正气凛然的宫羽田身上，其中包括宫羽田的独生女宫若梅（章子怡饰）、白猿马三（张晋饰）、关东之鬼丁连山（赵本山饰），当然也包括咏春叶问。宫羽田的大徒弟马三在宴会上打伤了佛山武人，以致当地武术界推举咏春高手叶问出战。广东佛山人叶问（梁朝伟饰），年少时家境优渥，师从咏春拳第三代传人陈华顺学习拳法。只有德行兼备者才能担任这一要职，然而浮世虚名迷了众人双眼。宫羽田和叶问用一饼定输赢，最后叶问赢在了想法。宫羽田女儿不服，摆宴金楼挑战叶问，赢回一仗。

日本侵华战争爆发，宫若梅赴大学学医，在火车上相助一线天摆脱日本人追捕。马三投日成了汉奸，杀了宫羽田。宫若梅为替父报仇，推掉婚事入道，发誓终身不嫁不收徒，最终赢了马三，但也受了严重的内伤。

战后，不少习武之人移居香港。叶问于1950年抵达香港，开始传授咏春，后来与在港行医的宫若梅重逢，无限怅惘。生逢乱世，叶问一生经历光绪、宣统、民国、北伐、抗日、内战，最后立足香港。最终，叶问成为一代宗师，将灯火传给众生。

→王家卫的节制

王家卫镜头下的叶问，免去了不少无谓的打斗，画面柔美，多了些人情世故。比起其他版本的叶问，他探寻了更多的内心戏，并且懂得节制。

王家卫一开始就懂得适可而止。每每情节到达高潮时，他似乎就要砍断。在这部电影里，王家卫将所有的情绪放在了宫若梅身上。章子怡从头到尾的眼神和表情都没有变，这不是不会演戏，而是太会演。宫若梅一直在撑着，让人看了心疼。

宫若梅和叶问分别的那一场戏，黑夜中他们两个人安静地走在火车站的小道上，一只狗安静地跟在他们身后。这场景不禁让我们想起了《花样年华》中的苏丽珍（张曼玉饰）和周慕云（梁朝伟饰）。黑夜中，苏丽珍身着旗袍，摇曳身姿，带给观众无限惆怅。这样的漫步，《花样年华》里的两个人是开始，而《一代宗师》则是结束。的确，墨镜王喜欢用这样的背影去诠释伤感，眼泪和撕心裂肺都是多余的。这就是节制。

他从来都是欲说还休，到关键时刻就戛然而止。最终，宫若梅赌了一口气，成了《东邪西毒》里慕容嫣——独孤求败。时至今日，墨镜王依旧戴着墨镜，不让任何人看到自己的悲喜，活在自己的岁月里。

→两个女人：家与世界

英雄的身边自然会有一两个女性角色。在叶问的身边也有两个女性：一个是民国奇女子宫若梅，还有一个是他的妻子张永成。她们两人，一个在冰天雪地里开合飞扬、为父报仇，一个隐匿于武术家的背后、沉静雅致。这两个女性形象成了鲜明的对比。

→张永成：有灯的地方就有人

"我内人叫张永成，是前清洋务大臣张荫桓的后人，一般她话不多，因为她说出口有时会伤人。两夫妻，要无声胜有声。"

影片中，张永成是与宫若梅截然相反的女性角色。尽管她出场不多，但给观众留下了深刻的印象。张永成婉约动人、优雅古典，很少说话，因为在她看来，出口有时会伤人，尤其是夫妻之间。其实，张永成是一个特别懂得夫妻之道的女人。一出场，叶问代表广东武林出战的时候，张永成就说带着孩子回娘家，让他少些牵挂，可见张永成的体贴入微。宋慧乔着实太美，在无声间用肢体语言和表情将这种沉静诠释了出来。

当叶问和宫若梅在天南地北鸿雁传书的时候，张永成似乎已被遗忘。但当时局突变，祸福流转，叶问北上寻访"宫家六十四手"的念想已断，能支撑他在武术这条路上走下去的，还是妻子张永成。

叶问与张永成的夫妻感情中，留着一盏灯。无论他出入风尘之地，还是与宫若梅相望鸿雁之间，这盏灯一直在等他。无论多晚，他回家总能看到这盏灯。灯，本来就是一个很有意味的意象，可照亮前路，指引方向；是不熄的传承，也是寒夜中的温暖。王家卫用"灯"的意象塑造了张永成，耐人寻味。在他的镜头下，张永成的存在衬托出了一个顾家的叶问，也是叶问成为一代宗师背后沉默且深沉的力量。

总说一个成功男人的背后有一个伟大的女人。叶问背后伟大的女人就是那个沉静的张永成。夫妻之道，不该声嘶力竭，更不是捆缚，而是放开。她不是不懂人情世故，而是太懂，所以选择不说和放开。

→宫若梅：留在自己的岁月里

> "在最好的时间遇见你，是我的运气，可惜我没有时间了。我心里有过你，喜欢一个人不犯法。"
>
> ——宫若梅

宫若梅是影片中最决绝、刚烈的女性角色。宫若梅是宫羽田的独生女，自小得父亲真传"宫家六十四手"。她在武术上有着与生俱来的天赋，是一个只肯输给自己的女子。宫羽田说以宫若梅的心性，要是学唱戏就能成角儿，要是玩修行就能成高僧，就是一个"迷"字。宫若梅心气很高，像极了宫羽田。

为了替父报仇，她退掉婚约，断发发誓终身不嫁。因为那个时代，女性如果出嫁了，就是婆家人。既然不是宫家人，还有什么资格出面拿回宫家的武艺，保全宫家的名声？宫若梅为了符合礼法，保全宫家二小姐的身份，于是退亲入道。如此决绝，让人敬畏。最终，陪伴她一生的，除了宫家不外传的独门武功，还有一段与叶问欲说还休的情。她选择留在自己的岁月里，孤独终老。

章子怡饰演的宫若梅刚烈而决绝，整个过程像是憋着一口气，非常出彩。她扮演的宫若梅不知父亲已死，直到在家门口与仆人对上眼神，才知真相。然后，她哭了。那哭，让王家卫道不禁感叹，章子怡真是能要人命！影片中许多情感高潮部分都被删去，只留下一抹平静。或许，无声才胜有声，这就是王家卫：大象无形、大音希声。

对于宫若梅和叶问的感情，王家卫拿捏到位，非常节制。"宫家六十四手"令叶问念念不忘，不过叶问与她的暧昧是高手间的惺惺相惜。"念念不忘，必有回响。"这八个字足以表现他们之间的感情。

说实话，这世间的情，很多都不用说得太清楚。对于叶问来说，张永成给予家的温暖，而同宫若梅则像是高手过招。叶问的一生，能够遇到这两个女人，足矣！

《卧虎藏龙》：
心有猛虎，潜藏蛟龙

就算退出江湖，

面对"情"字，

再伟大的英雄又奈何？

→影片简介

电影《卧虎藏龙》由李安执导，周润发、杨紫琼、章子怡、张震等人出演。在2001年奥斯卡颁奖典礼上，它一举夺得四座小金人——最佳外语片、最佳摄影、最佳艺术指导、最佳原创配乐，被誉为"国际级武侠巨片"。

一代大侠李慕白（周润发饰）欲退出江湖，于是将青冥剑托付给红颜知己俞秀莲（杨紫琼饰），让其转交贝勒爷（郎雄饰）收藏。这把有着400年历史的青冥剑伤人无数，而李慕白此意是在表明他退出江湖恩怨的决心。

谁知当夜宝剑遭人窃取。俞秀莲上前阻拦，但最后盗剑人在同伙的帮助下逃走。有人看见一个蒙面人消失在九门提督玉大人府内，所以俞秀莲认为玉大人难逃干系。然而，玉大人刚从新疆调来，主管京城治安，所以贝勒爷不相信和玉大人有关，不想轻举妄动。

俞秀莲为了不让事情变得复杂，一直在暗中查访宝剑的下落，原来是玉府小姐玉娇龙（章子怡饰）所为。俞秀莲想办法迫使玉娇龙将剑归还，以免伤和气，但是在此过程中蒙面人还是和李慕白有了一次正面交手。李慕白发现害死师傅的碧眼狐狸（郑佩佩饰）正隐匿于玉府，并收玉娇龙为弟子。不过，玉娇龙早已青出于蓝，从秘籍中习得武当派上乘武功。俞秀莲和李慕白对玉娇龙苦心引导，但是无果。

原来，在新疆时，玉娇龙瞒着父亲和大盗"半云天"罗小虎（张震饰）私订终身。然而，来到北京后，父亲要让她嫁给他人。玉娇龙心中凄苦无处发泄，于是在江湖上任意妄为，想用青冥剑来斩断阻隔两人的枷锁。

最终，在和碧眼狐狸交手时，李慕白为救玉娇龙身中毒针而亡。本可和罗小虎私奔的玉娇龙也投身万丈绝壑。

→谦卑的李安

江湖里卧虎藏龙，人心里何尝不是？刀剑里藏凶，人情里何尝不是？

——李慕白

2001年，李安的《卧虎藏龙》获得奥斯卡十项提名，最终摘得四座小金人，掀起了华语影坛新一轮武侠风潮。李安镜头下的"江湖"，并非仅仅是一个刀光剑影的世界，而是一个有着人情的江湖。江湖里卧虎藏龙，人心何尝不是一个江湖？原来，不是风动，不是幡动，而是你的心在动。人与人之间，尔虞我诈，暗藏汹涌。

李安对中国的武侠世界有着神往，因为那种抽象的世界可以自由奔放地表现更多具象化的东西。儒侠美人，这就是江湖的魅力。然而，很多武侠片很少能将江湖和文化相连，大多还都停留在展现功夫和感官刺激的层面。李安的伟大就是将武侠与中国文化精粹紧密相连，为我们展现了一个有血有肉的江湖。

→阴阳两性的女人

在李安的电影里，总是有两个性格分明的女性，《理智与情感》里的玛丽安（凯特·温丝莱特饰）和埃丽诺（艾玛·汤普森饰），以及《卧虎藏龙》里的玉娇龙和俞秀莲，都是阴阳两面的代表。因为原小说里的玉娇龙戏份不足以撑起一部电影，于是李安就加入俞秀莲的戏份：一个是"外阴内阳"的玉娇龙，另一个是"外阳内阴"的俞秀莲。阴和阳是中国文化里的精髓。

→外阴内阳：玉娇龙

影片里，九门提督的千金玉娇龙向往自由、情感随性、任性妄为，这是一个可以引火上身的女人。玉娇龙不想嫁给门当户对的人家，因为那意味着永远的深宅大院。最终，她引来了，也爱上了那个可以带她飞的罗小虎。

不过，除了罗小虎，玉娇龙似乎还招惹来了李慕白这把火。对于李慕白这个角色来说，玉娇龙显然暗藏深意。在李慕白心里，玉娇龙就是他心中藏着的那条龙。一切都是冥冥中注定的，似乎有一种玩火自焚的力量在驱使着李慕白。李慕白本来是要随心退出江湖，和俞秀莲走的。然而，当看到玉娇龙的时候，他动摇了，甚至触碰到了内心的枷锁。他一路寻心，越发知道会有不祥的事情发生。那是一种极致浪漫的、走向毁灭的道路。

玉娇龙身上似乎有一种力量——江湖、自由、欲念、美貌，一直在吸引着李慕白，让他难以割舍，也牵引他走向毁灭。鬼使神差地，他要收她为徒，这样就能名正言顺地占有她的灵魂。此刻，他与俞秀莲的暧昧也成了阻碍。所有的儒侠一定都有过这样的挣扎，碰到一个才貌双全的女人，多少会为之倾倒。

在山洞中，玉娇龙问他："你要剑……还是要我？"正如一个女人问："你要你的事业还是要我？"李慕白没有回答，而是用行动告诉了她。最后，李慕白为了救她，中了碧眼狐狸的毒针身亡。遇到玉娇龙的那一刻，他的人生就开始改变，信条和道义也开始动摇。他冲破了世俗，冲破了俞秀莲和自己的枷锁，冲破道德的阻碍，他为玉娇龙而死。

结尾，我们本以为玉娇龙会和罗小虎私奔，但是她竟然站在悬崖之上跳下，随李慕白而去了。原来，灵魂终随他去。

这就是玉娇龙，一个敢爱敢恨，并为灵魂而亡的女人。

→外阳内阴：俞秀莲

走江湖，靠的是人熟，讲信、讲义，应下来的，就要做到，不讲信义，可就玩不长了。

——俞秀莲

俞秀莲是一个和玉娇龙截然相反的女子。她视信义为生命，背负着道德和礼教的沉重枷锁，活得没有玉娇龙潇洒。当玉娇龙阐述了她追求自由的爱情观后，俞秀莲讲了孟思昭和他们的故事。因为她和李慕白要对得起孟思昭的那一纸婚约，所以她一直在遵守着道德和礼教，不敢跨过那个界限。她就是太受规矩和伦理捆绑，牺牲了自己的爱情。这种逃避和束缚让她和李慕白都非常累。

影片中，我们看到李慕白和俞秀莲的关系，很多时候都是因他人的暗示才明了。很多观众都会觉得这样的爱情好累，为什么要磨磨叽叽地纠结那么久？不就是个道义？就算最后李慕白认为俞秀莲会和自己归隐山林，可俞秀莲竟然不明一切。

俞秀莲就是因为太过小心翼翼，不敢承认感情，才白白浪费了多年的光阴。她受道德捆绑太深，也因此永远地失去了李慕白。

这就是俞秀莲，一个小心谨慎，并为失去所爱悔恨一生的女人。

《色·戒》：
色易戒，情难防

明知你是一杯毒酒，

可偏偏要饮鸩止渴。

只是最终，

我们彼此都中了毒。

→影片简介

影片《色·戒》改编自张爱玲的同名小说，由李安执导，梁朝伟、汤唯、王力宏、陈冲等人主演。该片获得第44届台湾电影金马奖最佳影片奖、威尼斯影展金狮奖。

王佳芝（汤唯饰）本是岭南大学的学生。在广州沦陷前，她辗转到香港读书。她在香港大学加入了爱国学生邝裕民（王力宏饰）组织的话剧组。剧组的热血青年充满了爱国情怀，有志报国。当大家得知汪伪政府的特务头子易先生（梁朝伟饰）正在香港时，他们便密谋要刺杀易先生，于是设下美人计：由一个女生去接近易太太，然后引诱易先生再将他除掉。这个任务交给了话剧团的当家花旦王佳芝。化名"麦太太"的王佳芝很快得到了易太太（陈冲饰）的信任与喜爱，同时美丽的她也吸引了易先生的眼球。然而，正当事情进行得如火如茶之际，易先生突然要回上海去，计划失败。

此后，王佳芝一直生活在上海，没想到和邝裕民再次相遇。原来，这群学生转学到上海，与一个国民党特工搭上了线。当得知刺杀行动还没结束时，王佳芝再次成为特务，以"麦太太"的身份（香港陷落后，麦先生的生意停了，王佳芝来上海跑单帮）出现在易先生的面前。

王佳芝和易先生重逢后，二人关系得到进一步发展。此时，易先生爱上了王佳芝，对她毫无忌讳，而王佳芝内心也起伏不定。刺杀行动就在关键时刻，圈套都已设好，但王佳芝因为易先生送的钻戒感动不已，于是做出了惊人的决定：让他快跑。

最终，王佳芝一伙人被捕，而易先生最终也将他们统统枪毙了。

→戒得了色，但戒不了你

到女人心里的路通过阴道。

——张爱玲《色·戒》

对于王佳芝的目的，易先生这种经历风浪的男人又何尝不知？他一直都知道她要自己的命，但是面对她，还是想上钩。就算王佳芝演得那么拙劣，他依旧愿意探探究竟。这么美的女人，他是无法拒绝的。随着局势的发展，易先生和易太太回了上海，那个幼稚的刺杀计划也搁浅了。

然而，也许是冥冥中注定的，三年后她再次出现，要取他性命。此刻的她淡定了很多，懂得察言观色，像个专业特务。开始的性爱似乎就是一场对犯人的严厉审讯和拷打。然而，她开始被他征服，而他开始走火入魔。第二次性爱，他是真正在通往她的心底，彻底将她征服。没有办法，他真的爱上了她。在书房里，他凶悍地警告她不要再进书房，因为那里有太多秘密，更因为家里到处是张秘书和日本人的眼线。擅自进去搜集情报会让她陷入危险。此刻的他，开始担忧她的处境。

一个本想玩玩的男人一不小心动了真情，随时会搭上性命。同样，那个本想要他命的女人亦动了真心，但最后飞蛾扑火，救了他。张秘书逼迫易先生签了字，封锁消息，所有人统统击毙。没有办法，他想救她，但是无能为力。他的一言一行都被人盯着，被人管着，连所爱之人都救不了。

最后，易先生回到房间，丢魂似的抚摩着王佳芝的被单。10点的钟声响起，这一刻他永远失去了她。悲凉、凄楚、无可奈何……

他生活在一个充满欺骗、自我时刻将被毁灭的世界里，而她的出现曾给过他一丝温暖。不过这丝温暖最后也因现实泯灭。他可以戒得了色，但是无法戒得了她。

→饮鸩止渴的虐恋

有生之年，狭路相逢，终不能幸免。

——王菲《流年》

这就是一场饮鸩止渴的虐恋。两个人都在其中寻找着安慰和寄托。或许，一开始王佳芝就被一种无形的力量吸引。她以为自己是在演戏，没想到成功地活成了麦太太，更爱上了他。

　　后来，王佳芝的内心是复杂的。她被感情牵绊，分明知道这个男人已经深深地钻进她的心里。一方面，她希望刺杀计划早点实施，早些摆脱这个男人，早些结束这个计划；另一方面，她又不希望计划实施，不想离开他，更不想他死。最后，当王佳芝看到那枚戒指时，她动摇了。她猜到了开头，但是猜错了结局。她以为可以顺利地杀了他，但是因为情，她赔上了自己的性命。其实，她让易先生快走的那一刻就很清楚，自己是在用生命交换爱人的生命。

　　原来，我们或多或少都会饮鸩止渴，明知对方不能碰，但还是要玩火自焚。有时候，一碗麻辣烫就能解决的温暖，你只愿意等他一个拥抱；你这辈子永远都无法获得的满足感，却在陪伴他的日子里全部都实现了。只是，你们之间永远隔着江河湖海。

　　有生之年，狭路相逢，我们终不能幸免。

章六

青梅枯萎，竹马老
去，从此我爱上的人
都很像你

　　可以不说，可以隐藏至深，可
以成为心中念想。终究，你还是成
了我年少时的欢喜，我旧时光里错
过的珍惜。

　　就算时光变迁，我依旧放不下
你……

《情书》：
我爱上的人，很像你

你是我年少时的欢喜

你是我旧时光里错过的珍惜

后来，我爱上的人

很像你

→影片简介

　　《情书》是由日本导演岩井俊二执导的关于初恋的纯爱电影，由中山美穗、丰川悦司、柏原崇主演。

　　在神户的某个冬日，大雪纷飞。在前未婚夫藤井树的两周年祭日上，渡边博子（中山美穗饰）的情绪又陷入了低谷。她陪藤井树的母亲回家，在他中学同学录里发现了"藤井树"曾经在小樽市读书的地址。于是，思念已逝恋人的博子按照这个地址寄去了一封发往天国的情书。

　　然而没过多久，博子竟然收到了一封署名为"藤井树（中山美穗饰）"的回信。她发现这个回信的女孩子是男友藤井树（柏原崇饰演）中学时期的同班同学，而且也叫藤井树，并且容貌和自己非常相似。为了多了解昔日恋人过去的生活，博子开始与女藤井树书信往来。女藤井树在回忆中，渐渐发现自己和男藤井树过往的岁月里隐藏着的秘密。

当女藤井树收到学妹们送来的一本普鲁斯特的《追忆似水年华》（卷七）后，发现里面夹着的是男藤井树的借书卡，背面竟是她的铅笔素描。一切都恍然大悟。原来，女藤井树就是男藤井树一直隐藏在心里的那个人。

在通信的过程中，渡边博子也慢慢释然，放下了昔日男友，开始了自己新的感情生活。

→意象解码

《追忆似水年华》。在影片中，男藤井树曾经借的那本书是普鲁斯特的《追忆似水年华》（第七卷"重现的时光"），与电影中的主题非常契合。普鲁斯特是法国意识流作家，他写下这部小说是对过往时光的追忆。在第七卷中，男主人公这样回想："真正的天堂是已经失去了的天堂。"有人沦为乞丐，有人早已死去，物是人非。画着女藤井树头像的借书卡存放在了"重现的时光"这一卷中，意味着男藤井树对于女藤井树的念想。

《青色珊瑚礁》。在影片中，男藤井树死的时候，他唱着松田圣子的《青色珊瑚礁》。这首歌在20世纪80年代特别流行，也是女藤井树喜欢的歌，意味着他的中学时代。"我的爱已随那南风远去，啊，都到了那熏风吹拂的珊瑚礁。"神户属于中南部，而小樽属于北部，南风也就是从神户吹向小樽的思念。影片中提到，男藤井树嘴上一直都说非常讨厌松田圣子，但是死前竟然唱着她的歌，这也体现了他不愿意表达内心真实想法的性格。他明明喜欢女藤井树，但就是表现出很不在乎的样子。

→旧时光的秘密

在时光的深处，隐藏着关于他们的秘密。男藤井树一直喜欢着女藤井树，他在博子身上看到了女藤井树的影子。只是对博子来说着实有些残忍。

直至女藤井树看到借书卡上的画像后，终于明白了一切。她写了一封信，但是没有寄出去。也许在她看来，有些事情只属于旧时光。

同样，博子看到了女藤井树和自己很像的事实后也没有告诉她，因为这是她和男藤井树之间的秘密和回忆。最后，博子把女藤井树的信都寄回了，因为过往的一切对她都不那么重要了。

在回忆过后，两个女人各自保留着属于自己的美好回忆，开始了新的生活。这样的结局很好，她们守着各自的秘密，守着和男藤井树在一起的时光，永远封存。

→岩井俊二和《挪威的森林》

岩井俊二喜欢拍纯爱片，画面唯美、干净，主人公的眼神都透着淡淡的忧伤。他作品中的主人公很多来自破碎的家庭：孤独迷茫、缺少关爱，渴望自立自强。他作品中的女孩子美丽迷人却不卖弄、多愁善感却不矫情，让人不会感到讨厌。

很多观众不知道，其实《情书》这部影片是对村上春树《挪威的森林》的借鉴和改编。1987年，村上春树的《挪威的森林》发行时，岩井俊二正好24岁，和男主人公渡边年龄相仿，同样对生活充满着困惑。后来，岩井俊二也迷恋上了这本书。

到了1994年，岩井俊二已经年过三十，于是特别想抓住青春的尾巴拍一部青春片，能给观众留下些什么。由于当时兴起了"村上春树现象"，平均20个人手里就有一本《挪威的森林》。于是，他就想将之改编成电影。然而，那个时候村上春树正在中国内蒙古地区旅行，版权的问题无法商量。于是，岩井俊二就自己写了一部相仿的影片。博子是渡边和直子的混合体，男藤井树是木月，秋叶是绿子，女藤井树是玲子。这就是《情书》和《挪威的森林》之间的秘密。

→你是我年少时的欢喜

《情书》这部电影让我们对旧时光充满了念想。在女藤井树的回忆中，我们看到了一系列阔别已久的画面。泛黄的画面透着时光匆匆的复古气息。写信、自行车、借书卡，无不彰显出舒缓的节奏。正如木心的《从前慢》所说：

> 从前的日色变得慢
>
> 车，马，邮件都慢
>
> 一生只够爱一个人

那样的节奏，只属于曾经。很多时候，我们都会怀念旧时光里的那个人，怀念旧时光里的自己。没错，他/她的存在影响了我们整个中学时代。那个时候，我们还不懂什么叫爱情，只是一种淡淡的喜欢和心动。

因为相同的名字，互不相关的一个男孩和一个女孩牵扯在了一起。他们之间发生的故事都是年少时的羞涩与含蓄，属于那个年代的小心动。

看着黑板上被其他同学恶作剧写下的画着爱心的两个名字——

藤井树，是不是也勾起了你的回忆？那个时候，被同学们开玩笑是一件非常害羞、丢脸的事。不过，现在想来却十分美好，一切都已释然。

男藤井树恶作剧式地将纸袋罩在暗恋的女藤井树头上，这样表达喜欢的方式是不是也让你非常熟悉？不知你是否还记得，那个时候，很多男同学喜欢用不同的方式欺负你，找你麻烦？其实，他们是想引起你的注意。现在想来，当时所有的气愤和苦恼如今都已转变为一种别样的感动。原来，这就是年少时的欢喜。

如果当初男藤井树能够勇敢些，告诉女藤井树自己的心意，那么是否会有另一种结局？经年过后，想起当初的那人和自己，略显遗憾：如果当初自己足够勇敢，结局是不是就会改写？如果当初自己能坚持下去，就不必像现在这样回忆过往了吧？

然而，现实总是跟我们开玩笑：最终，你还是没有把"我喜欢你"这四个字说出口，我还是忽略了你的诸多暗示。

《情书》中这样说道："虽然经历了岁月的洗礼，但真挚的感悟没有磨灭。生命是短暂的，而爱情是永恒的。有一个可以思念的人，就是幸福。"长大以后，我们才发现，原来有些人的存在是让你去想念的，有些人的经过是让你去追忆的，有些人的离开是让你去遗憾的。不是所有的感情都能够拥有，上帝永远不会让故事的结局完满。

你是我年少时的欢喜，你是我旧时光里错过的珍惜。后来，我爱上的人，很像你。

《两小无猜》：
你敢不敢？我敢爱你

我不敢先说我爱你，

我怕你以为这是场游戏，

就算你说你爱我，我还是不信，

我不知道你在打赌还是认真的。

→影片简介

本片是杨·塞谬尔（Yann Samuell）执导的一部法国电影，由吉约姆·卡内（Guillaume Canet）、玛丽昂·歌迪亚（Marion Cotillard）、吉尔·勒卢什（Gilles Lellouche）等人主演。

影片从一个"敢不敢"的游戏开始。八十年前的法国街道，小女孩苏菲（玛丽昂·歌迪亚饰）刚从波兰移民过来，被当地孩子们欺负，称为"波兰猪"。男孩朱利安（吉约姆·卡内饰）送给她一个旋转木马铁盒，这是母亲给他的宝盒，但条件是苏菲也要经常借给他玩。苏菲高兴地接住，说有借就有还，如果要拿回铁盒，那么就要证明给她看。于是，一场场闹剧就开始了。只要一方问"你敢不敢"，对方回答"敢"，那么就能拿到铁盒，游戏将一直进行下去。

他们开始了一场又一场游戏：这两个小孩从此开始了没完没了

的"敢不敢"的游戏，他们不相信任何规矩，世界就是个巨大的游乐场：上课组词专门说脏话，在校长室里小便，用墨水喷老师，在姐姐的婚礼上把新娘弄哭，内衣外穿……

他们就这样乐此不疲地玩着游戏，而且越玩越大，一玩就是十多年。他们什么都敢玩，除了不敢承认彼此相爱。之后，苏菲提议两人分开，赌的是朱利安敢不敢伤害苏菲。为了游戏的进行，朱利安决定娶别人，邀请苏菲做伴娘。深深受到伤害的苏菲在婚礼上将木马盒滚到他脚边："你敢毁婚吗？敢不敢？"于是婚礼泡汤了，互相伤害的两人相约十年后见。

整整十年，苏菲打通了朱利安的电话，问他敢不敢私奔。她问他，敢不敢不抛下她？他回"敢"。于是，他们共同跳进了建筑工地的窟窿里，终于承认彼此相爱，许诺再也不分开了，水泥将他们淹没，但他们赢得了游戏。于是，他们终于可以生生世世在一起。

影片是献给杨·塞谬尔的岳父母杰拉德和索尼娅。在创作剧本的时候，杰拉德和索尼娅把他们的房子借给杨·塞谬尔。电影上映前不久，两个人在一场车祸中不幸丧生。我觉得是导演的一种寓意，他们在此时死，与他们共度幸福一生，其实是一样的。对彼此的爱无论是凝结在一点，还是拉长到一生，都是一样的。

→意象解码

旋转木马铁盒。这个印有旋转木马的铁盒是苏菲和朱利安共同的物品，也是他们游戏的见证者。他们就是用打赌的方式不停地交换铁盒，只要说"敢"就能拿到铁盒，游戏就能一直持续下去。如果游戏一直可以进行下去，那么他们将永远不会分开。其实，从另一方面来讲，"旋转木马"一圈又一圈的转动也意味着游戏的永不停歇。

《玫瑰人生》。最先开始于女主角姐姐的婚礼上，背景用的是《玫瑰人生》这部电影的音乐。本人觉得这段音乐在《玫瑰人生》中特别悲伤。接着就是朱利安母亲躺在医院，接受天使的召唤时。后来是在朱利安母亲葬礼上，苏菲站在坟墓的高处，唱的也是这首歌。《玫瑰人生》中的女主角是个歌唱家，本片也受其影响，都是表示一种对旧俗的反抗。最后，朱利安与苏菲十年后在雨中重拾爱情时，朱利安也唱了这首歌，表示一种深情，与《玫瑰人生》女主角歌唱中在情感上的表达是一致的。

赌注。在年少的时候，小朋友之间都会打赌："赌今天考不考试？""赌今天是不是他来？"如果输了，对方就要做出承诺。看了影片，我们会非常怀念那样单纯的打赌，充满了童真童趣。影片中，苏菲和朱利安的打赌像是一场爱的延续，而且这场游戏越玩越大：苏菲敢在葬礼上站在墓碑顶上唱歌；苏菲敢破坏朱利安的婚礼；朱利安敢充当莫须有罪名的逃犯。那么多次肆无忌惮的提问，那么多伤害对方的做法，其实底下都藏了小小的希望：对方还爱不爱自己，自己对他（她）还有没有支配的能力？这就是他们打赌的意义。

→像疯子一样爱你

按照常理来说，彼此深爱的恋人是不敢分开十年之久的，因为这十年什么都会变。然而，对于苏菲和朱利安来说，这个游戏已经构成了他们生命中的一部分。他们甚至可以为了这个游戏分开十年。

在李白的《长干行》中这样写道："妾发初覆额，折花门前剧。郎骑竹马来，绕床弄青梅。同居长干里，两小无嫌猜。""青梅竹马"和"两小无猜"是两个多么浪漫且深情的词语！两个人从小到大一起生活、学习、玩耍，爱情也在彼此心间慢慢滋生。

似乎，长大后我们都不敢像疯子一样去爱一个人。但年少的我们，却可以不计后果地去爱一个人，能够为他/她做任何疯狂的事情。在影片中，我们看到了那个傻乎乎的自己，愿意为对方付出一切的自己。

说实话，时光是个好东西，但又是一个坏东西。时光让深刻的更加深刻，但也让我们变得越来越胆小。为何"青梅竹马"的那个人可以让人念念不忘？因为他陪你度过了最美好的时光，也是你最勇敢的时光。当你回想当初，自己竟然会为了一个人做出那么疯狂的事情，被他迷得神魂颠倒，失去方向，甚至敢和世界对抗。那个时候，你会突然发现当初的自己真的好勇敢。

也许，对于越在乎的人，我们就会越谨慎，因为怕伤害对方。朱利安在水泥中告诉苏菲，很多事情他都想和她打赌，但从来都没有提过，比如生吞蚂蚁、侮辱就业中心门口的失业者，还有疯狂地爱着她。是的，他不敢说爱她，因为怕她以为这只是一场游戏。

不知道姑娘们看完《两小无猜》后会是一种什么反应，是不是会想起当初为之疯狂的那个人？因为他的存在，你变成了一个疯子。癫疯的状态非常奇妙，茶饭不思，为他抛弃一切。突然想起刘若英的《为爱痴狂》中的歌词：

> 想要问问你敢不敢
>
> 像你说过那样的爱我
>
> 想要问问你敢不敢
>
> 像我这样为爱痴狂

不知什么时候，我们回归了正常，回归了理性，再也没有一个人可以让我们为之疯狂。因为后来遇到的人不会再陪你疯，陪你做一切傻事。他们会对你说："乖，听话，别闹。"后来，你变成了一个懂事的女孩子，处处为他着想。

现在想来，一个女人并不需要什么"听话"和"懂事"的头衔，因为这是被规驯后的自己。很久以后，我们都会怀念那个疯子一般的自己，可以打破一切规约的自己。

最后，如果你还是那个疯子般的自己，那将是一件多么美好的事情。

《恋恋笔记本》：
一遇初恋误终身

你是我纯白时光里的恋人

浸润着鲜红的记忆

就算你已将我遗忘

我还是会在你身边

一遍遍为你读着我们曾经的故事

→影片简介

"我喜欢小说的构思和其中的浪漫，不过最让我偏爱的是这个爱情故事不仅轰轰烈烈，而且绵延持久。"

——马克·约翰逊

电影《恋恋笔记本》（*The Notebook*）由尼克·卡索维茨（Nick Cassavetes）执导，改编自"纯爱小说教父"尼古拉斯·斯帕克斯（Nicholas Charles Sparks）所著的同名小说《恋恋笔记本》。

在一本褪色的笔记本上，记载着一段发生在某个夏天的刻骨铭心的爱情故事。在一家私人疗养院里，这个故事每天被一位老先生（詹姆斯·加纳饰）一遍一遍地讲述。患有老年痴呆症的老太太（吉娜·罗兰兹饰）总是在一旁静静地听着，好奇地追问结果。

故事发生在20世纪40年代，南卡罗来纳州的海边小城水溪镇，富有的尼尔森一家到这里度假。艾丽·哈米顿（瑞秋·麦克亚当斯饰）是尼尔森家的千金，她随家人来到小镇避暑。在一个充满梦幻的游乐场，她邂逅了诺亚·卡豪（瑞恩·高斯林饰）。诺亚只是当地工厂的一个穷工人，但活得非常快乐。两个年轻人跨越了阶层与观念的差异，执着且热烈地相爱了。艾丽跟诺亚学会了自由，懂得了快乐。然而，在艾丽父母的阻挠下，相爱的两个人被迫分开。

　　之后的一年里，诺亚给艾丽寄了365封信，但都被艾丽的母亲偷偷藏了起来。终于，诺亚和艾丽都放弃了等待。"二战"爆发，诺亚参军，踏上了战场。七年后，当诺亚重返故土，艾丽已经从他的生活中消失，但他心里依然想念着她，于是他按照当初两人的设想盖了一座白色的大房子。然而，他不知道，再过几周艾丽就要和富有的军官哈蒙德（詹姆斯·麦斯登饰）结婚了。就在艾丽试穿婚纱的那天，她突然从报纸上看到了诺亚曾许诺给自己建造的白色房子。一切记忆全部苏醒。艾丽疯狂地去找诺亚，发现自己无法割舍这段情。两个人终于再次相遇，曾经的一切误会都解开。

　　其实，养老院里的老太太就是当年的艾丽，而向她讲述笔记本里故事的老先生正是为她守候了一生的诺亚。如今，虽然她的记忆已经模糊，甚至都不记得诺亚的名字，但他依旧在坚持唤醒她的记忆。

　　最终，两个相爱的人相拥而眠，永远地睡去了。

→如果我老了，连你都忘记了

"我知道你现在感觉很失落，但是别担心，没有任何事物会失落或被遗忘。肉体只会迟缓、老化、冰冷，大火过后的余烬，也会再度燃烧。"

——《恋恋笔记本》

我们总是喜欢看那些跨越大半个世纪的感人故事，因为爱情的绵延持久要比短暂的轰轰烈烈更吸引人。人生就是如此，相伴到老、不离不弃也许才是最真实的爱情。

最后，我们才知道艾丽得了老年痴呆，而诺亚一遍遍地在帮她回忆过往。在小说中，有几次艾丽因为知道他是诺亚，自己却完全没有记忆而显得特别痛苦。后来，诺亚干脆就不让艾丽知道自己是诺亚，谎称自己叫杜克。有些日子，原本身体健康状况不太理想的诺亚，因心肌梗死被强制卧床治疗数天。艾丽每天只能孤独地坐在窗前，等那个每天给她讲故事的陌生老头。故事总是让我们唏嘘。

人生总是在给我们开着各种各样的玩笑，相伴大半生的艾丽和诺亚，却不能安享晚年的欢愉，这就是残酷的现实。当我们老了以后，如果连爱的那个人也忘记了，那会是怎样的一种心情？艾丽和诺亚肯定都非常痛苦，但是诺亚还在一直做着努力。他告诉儿女们："这里住着我心爱的人，我不会离开她。现在，这里就是我的家，你们的母亲就是我的家。"不管怎样，他仍在她的身边。

→ 一遇初恋误终身

"我认为重逢的构思足以应答人们所有关于'如果'的疑问,每个人都有初恋,当你回想起当初的青涩之爱,肯定会不由自主地提出假设,而这个故事正是根植于此。在大多情况下,你记忆中的那个人会面目全非、判若两人,可有时他们就是记忆中的样子,你会意识到这正是你一直以来所寻找的。很多人认为青春期的爱情是不真实的,但它确实是真真切切的。"

——《恋恋笔记本》作者尼古拉斯·斯帕克斯

初恋,是所有人都无法忘记的过往。艾丽和诺亚相识时17岁,直至后来两人从一见钟情到至死不渝。

影片的故事很简单,没有多少跌宕起伏,但恰恰是这平淡的感情感动了我们。这原本就是爱情原有的形态,如今却很难再见到。他实现了自己年少时许下的承诺,建了一所艾丽喜欢的房子,里面有画室,房子不远处有一个白鹭群飞的大湖。当然,分开的这些年,两人各自有自己的生活伴侣,艾丽甚至有了自己的未婚夫。但最后,还是应了那句话:一遇初恋误终身。

人们对于初恋的定义很简单。初恋就是我们第一个喜欢的那个人。对于从来没有触碰过爱情的人来说,第一次总会是不顾一切、几近疯狂的。就算被伤害,我们对初恋的容忍度永远都是低的。然而,随着时间的推移,我们会发现,我们对于爱情会越来越苛刻,爱的能力也在慢慢减退,甚至发现自己越来越软弱。我们不会再像当初那样为爱疯狂,而是越来越小心翼翼。

在结婚前，艾丽看到报纸上的房子后，突然发现那才是自己想要的人生。她很认真地对未婚夫说："我现在不画画了，以前我一直都爱画画，我很爱画画。"他的未婚夫一脸惊讶，表示自己还不知道。或许这个时候艾丽才明白他们之间的差异是什么，她的未婚夫或许根本不在乎她真正喜欢什么。在诺亚和艾丽相遇的时候，诺亚告诉艾丽要做自己想做的，而不是那些自己必须做的事情。他就是释放艾丽身上一切束缚的人，让她知道了什么是自由。

所有人的初恋似乎都是一个美好的童话，没有结果。不过，影片中，他们的故事还是圆满了。当然，这源于两个人的坚持。如果诺亚没有盖那座白色的房子，如果艾丽没有那么向往自由，那么他们就不会有年老时的相伴。不得不说，初恋是一道跨不过去的坎，那是谁都无法替代的感觉。

当然，初恋时的我们都还非常傻。那个时候，我们什么都不懂，只要简单的快乐就好，然后疯狂地畅想着未来的人生。就算只是一颗糖果，都能够感到幸福和满足。千山万水的路途和漫长的时间都不再是阻隔。

没错，他终是温柔了岁月，惊艳了时光。一遇初恋误终身。

《假如爱有天意》：
今生的相遇，前世的牵绊

后来，我们慢慢相信：

前世错过的恋人，

会在今生相遇，

以此来弥补曾经的失去。

→影片简介

《假如爱有天意》是由郭在容担任编剧并执导，孙艺珍、曹承佑、赵寅成等人主演。孙艺珍凭借这部影片获得第24届韩国青龙奖最佳人气明星奖，以及第40届大钟奖最佳新人女演员奖。

2003年，一对大学同学梓希（孙艺珍饰）和秀景同时暗恋着同班的尚民。外向的秀景让梓希代写情书给尚民，于是梓希将自己对尚民的情感抒发出来，但结尾署上的是秀景的名字。尚民看过那些情书后被打动，于是和秀景走到了一起。每当梓希和秀景、尚民在一起时，都觉得很不自在，于是想方设法逃避他们。一天，梓希正在收拾房间，无意中发现了一个神秘的箱子，里面装满了母亲珠喜（孙艺珍饰）留下的书信和日记。于是，她在阅读中体验着母亲的初恋回忆：

1968年，一名叫吴俊河（曹承佑饰）的男生来到乡郊的叔叔家过暑假，恰巧遇到了清纯可爱的珠喜，并对她一见钟情。珠喜出身名门望族，家教甚严。一天，珠喜偷偷地要俊河带她看村里的鬼屋，两人度过了难忘的一天。然而，暑假没有过完，珠喜就被送回了首尔。但是，她还有话没有对俊河说。

暑假过后，俊河回首尔上课。俊河一直帮同班好友泰秀写情书，信是给一个女孩的。当俊河发现这个女孩是珠喜时，他并没有向泰秀说出暑假的故事。原来，珠喜和泰秀两家是未来亲家的关系。这样的三角关系让两个人陷入了苦恋之中。兜兜转转，为了成全珠喜和泰秀，俊河入伍参战。在战争中，他为了找回珠喜给自己的项链，双目失明。当他们再次相见时，俊河骗她自己已经结婚，让她死心。伤心的珠喜随后便结婚生子。然而，多年后，当她看到俊河的骨灰后才知道俊河是在等她结婚后自己才结婚生子的。

当梓希看完母亲的初恋故事后，发现自己的遭遇与之十分相似。种种巧合让她对尚民的好感日益增加，而后来尚民也清楚了自己的心意。尚民陪梓希回到了母亲与俊河相识的地方。当梓希为他讲述这个故事后，尚民竟然泪流满面，他将脖子上的项链拿下来戴在了她的脖子上。原来，尚民的父亲就是俊河。月色流动的小桥下，两人深情一吻。

→纯爱：最初的美好

当我们在看纯爱电影时，我们仿佛看到了那个最单纯的自己。不知是否由于年龄渐增的缘故，我们早已不再关注那似乎显得过于老套的剧情，而是会去体会细节中的呢喃低语。郭在容的影片画面清新唯美，善于进行细节的表达。他可以使很老套的故事打动人心。从《我的野蛮女友》《假如爱有天意》，再到《雏菊》，我们看到了一个个感人至深的纯爱故事。

书信、水中打闹、跳舞……那些慢得不能再慢的镜头和故事深深地将我们打动。音乐总是能勾起无数的记忆碎片，散落一地，不知此刻你又想起了谁？后来，我们听到了被音乐诗人李健改编的中文版《假如爱有天意》，缓缓而来的诉说，似乎又将我们带到了那个年代——车、马都很慢。

每当看到孙艺珍哭就受不了，暗恋里的深情厚谊大抵如此，总是令人叹息，最后成了一个人的痴恋。曾经纯美的感情总是能在不经意间触动你情感最脆弱的地方。无论是孙艺珍的《假如爱有天意》，还是全智贤的《我的野蛮女友》《雏菊》，她们都成了最好的自己。

→前世今生，爱的轮回

"当太阳照耀海面的时候，我就想到你。当春天出现昏暗的月光，我就想到你。"

在布莱恩·魏斯的《前世今生》中，有这样一句话："许多研究宣称，一群灵魂会一次又一次地降生在一起，以许多世的时间清偿彼此的相欠。"也许，我们应该相信，今生遇到的这些人，一定有着前世的牵绊，这就是缘。

人的情感总有一定的延续性，看到一个和初恋很像的人，内心多少会激起一些涟漪，情感多少也是复杂的。人们总是希望故事能有一个完美的结局，但现实总不能如愿。所以，我们会将之诉诸艺术，轮回、穿越都能填补世人今生内心的缺口。如果不曾相欠，今生何必又要相恋？如果下一世能够再续前缘，那该是多么完满。

当我们看着和珠喜长得一模一样的梓希时，不禁感慨：原来，这就是生命的轮回。有时，看着老照片，你会发现自己和父母是多么地像，性格与命运似乎都在重演，也会莫名感慨造物者的神奇和伟大。血脉，就是一代又一代的接续。

终于，我们相信了假如爱有天意。我们慢慢地愿意相信，前世错过的恋人，会在今生相遇，以此来弥补曾经的失去。但愿我们今生都不再错过。

章七

没错，我就是贪慕潋滟红尘

红尘多可笑，痴情最无聊。

可这也是红尘的可贵之处。

没错，我就是执迷不悟，我就是贪恋潋滟红尘，我就是沉迷于你。

《廊桥遗梦》：
我们的生命曾彼此重叠

在和你相遇时，

我早就猜到了故事的结局。

然而，我已经没有遗憾，

因为我和你的生命曾彼此重叠，

你给予的光亮早已穿透我单调的生活，

斑驳成诗。

→影片简介

影片《廊桥遗梦》（*The Bridge of Madison County*）由美国作家罗伯特·詹姆斯·沃勒的同名小说改编，由克林特·伊斯特伍德（Clint Eastwood）执导。梅丽尔·斯特里普（Meryl Streep）饰演家庭主妇弗朗西斯卡，导演本人饰演摄影记者罗伯特·金凯。

在弗朗西斯卡死后，律师宣布她的遗嘱时，子女们都惊呆了。因为母亲要求死后将自己的骨灰撒在曼迪逊桥畔，而非和父亲葬在一起。后来，子女们翻看了她的旧信才发现母亲生前那段不为人知的感情。

1965年的一天，因为丈夫和孩子的外出，弗朗西斯卡终于迎来了四天的闲暇，独自在家享受一个人的时光。正是那天，《国家地理》杂志的摄影记者罗伯特·金凯将车停在了她的门口，向她打听罗斯曼桥的位置。弗朗西斯卡主动将他带到桥边。之后，罗伯特送给她一束野菊花以表谢意，这让她受宠若惊，心中荡起难以言喻的滋味。

后来，弗朗西斯卡将一张纸条钉在桥头，邀请他共进晚餐。前来赴宴的罗伯特和她度过了一个美妙的夜晚。之后的两天里，他们相守在一起。罗伯特的到来似乎点燃了弗朗西斯卡消失殆尽的激情，也打破了她原有的平静生活。在离开和留下之间，弗朗西斯卡选择了家庭和孩子。最终，罗伯特独自上路。没想到，几日后的雨天，两人在超市前的短暂一瞥，竟成了永别。

1982年3月，弗朗西斯卡得知了罗伯特的死讯，并且罗伯特将自己的大部分遗产都留给了她。1989年，在生命的最后阶段，弗朗西斯卡给孩子们留下一封长信和遗嘱。在信中，她坦白了那段感情，并且希望自己死后子女们能将她的骨灰撒在曼迪逊桥畔，生前她把所有的时光都留给了家庭，但求死后能永远依偎在心爱之人的身边。

→婚姻的牺牲

一直以来，弗朗西斯卡这个女主人公都是一个颇受争议的人物。在世人眼中，她的出轨显然是不道德的，但显然也是有原因的。她是一个全职的家庭主妇，每天的生活都是丈夫和孩子。

弗朗西斯卡出生于意大利那不勒斯，家中拥有浓厚的文化氛围。她向往自由、爱情和美好的生活。只是在大学毕业时，意大利战败，经济凋零，男青年死伤严重，她不得不面对就业与择偶的难题。三年后，她进入私立女子中学教书，在咖啡馆遇到了美国军人理查德。后来，她随理查德回到了他的故乡。宁静的乡村，生活很是平静。结婚后，丈夫让她辞去了工作，专门在家相夫教子。就这样，她在这个乡村步入了中年。

其实，弗朗西斯卡是有梦想的。当家人看电视的时候，她通常坐在厨房读历史、诗歌和小说，天气好的时候，会坐在前廊读书。她告诉罗伯特，自己很想去教书，但是为了家庭和孩子放弃了，这就是婚姻的牺牲。

很多女性在结了婚以后都会面临家庭和工作的两难选择。当一个女人的生活只有家庭的时候，她早晚会厌倦这样的生活。

→叶芝诗歌解码

影片中出现了叶芝的诗歌。弗朗西斯卡和罗伯特走在夜色中，罗伯特抬头仰望天空念着诗句"月亮的银苹果，太阳的金苹果"时，弗朗西斯卡脱口而出这是叶芝的《流浪者安古斯之歌》（*The Song of Wandering Aengus*）。罗伯特接着说："现实主义、简洁精练、刺激感官、充满美感和魔力，对我的爱尔兰血统很有吸引力。"

这首诗歌是叶芝早年浪漫主义风格的一部代表作品。爱神安古斯对仙女充满了向往，希望早日与她结合，全诗表达了对爱的执着追求，以及希望得到爱的迫切心情。

叶芝用采摘银苹果和金苹果来表现实现梦想的时刻。银苹果和金苹果象征着身体和灵魂，也象征着天堂。金与银是特制的珍贵物件，并非自然生长，却超越了时间与自然，是一种永恒的存在。罗伯特念的这一句象征了安古斯希望早日实现自己的爱情梦想，与仙女结合。其实，这里暗示了弗朗西斯卡对于罗伯特来说充满了魔力，非常吸引他。

弗朗西斯卡虽然是一个乡村的家庭主妇，但她还是一个受过教育的女人。她并非一个庸俗的家庭妇女，闲暇之余她喜欢坐在秋千上翻阅书籍。我们在影片中也看到了她从秋千上拿起的那本叶芝的诗集。

→四天恍如一生

罗伯特离开后，除了给弗朗西斯卡寄过一包照片和表达思念的文章之后，再也没来过信。两人彼此心照不宣，不再联系。后来，她开始订《国家地理》杂志，在第二年看到了罗斯曼桥的照片，以及文章。她突然从《国家地理》杂志上剪下有关他的所有资料，独自偷偷地分享着他的经历和感受。

1975年以后，他突然从《国家地理》杂志上消失了，那年他62岁。在1979年丈夫理查德去世后，弗朗西斯卡拨打了信上的号码，却没人知道他的情况。后来，她从得梅因买回日记本，写下这段往事，一共写了30本。

1982年2月2日，弗朗西斯卡收到西雅图一家律师事务所寄来的邮包，她才知道罗伯特已经去世，火化之后，骨灰撒在曼迪逊桥畔。罗伯特生前用过的相机当作遗物全部留给了她，信封里除了一封信，还装着三件东西：一条银项链，上面系着的圆牌上刻着"弗朗西斯卡"；一只银手镯，他曾经戴在手腕上的那只；还有一张纸条，当年钉在罗斯曼桥上的那张，似乎在皮夹里放了很久，已有斑点和折痕。最后，她打开他1978年8月16日写给她的信，这是一封再一次深切地表达对她真切爱意的长信。

此后，弗朗西斯卡在每年的生日，都会提前把寄存银行的大信封拿回来，仔细地品味和欣赏，然后再端着盛着白兰地的酒杯，慢慢走上楼梯，回忆1965年8月那个永生难忘的星期二夜晚。

那短短四天的感情，她用尽余余生的二十四年去回味。

→禁忌之爱

我想告诉你，在我们遇见的那一天，我仿佛听见上帝在我耳边说：看，这就是我当初从你身上抽走的那根肋骨。

这是一个关于婚外恋的凄美爱情故事，弗朗西斯卡是一个出轨的女人。在世人眼中，出轨是一件极其不道德的事，有违伦理，是要遭到众人的口诛笔伐的。不过，电影将一个女人的出轨刻画得如此唯美且深刻，让观众无法去恨。此部影片放映当年，在美国引发了离婚狂潮；引进中国后，据说同年国人的离婚率也蹿升了几个百分点。其实，世间任何感情都无法简单地用是非去评价。

也许你会问，感情是双方的事情，爱了就爱了，不爱了就不爱了，爱情绝不是禁锢和捆缚。但是不要忘了一点——婚姻和爱情是不一样的。因为有着法律规约，所以婚外情就是禁忌之爱，出轨一方必定会遭到谴责，背负罪名。

当罗伯特问弗朗西斯卡是否想离开丈夫的时候，她非常生气，熄掉了烟头。很明显，她非常在意这个问题，才会显得这么激动。如果她心中没有任何杂念，是不会有这么大的反应的。但是她不能，因为这是要受到谴责的。

结婚组建家庭就意味着愿意承担责任。而婚内出轨就是对婚姻和家庭的背叛，就是在打破那个规约。《廊桥遗梦》中的弗朗西斯卡也在尝试着打破这个规约，但最后她还是守住了这个规约。因为是规约，那就是不可违反的，否则就会对身边人造成伤害，丈夫、孩子、双方父母……弗朗西斯卡肩负着家庭的责任，因此她选择了留下。

不过，尽管弗朗西斯卡留下了，但是她的心早已属于罗伯特。生前，她将自己献给了家庭；死后，她希望儿女能将自己的骨灰撒在罗伯特长眠的罗斯曼桥，这样她就能永远依偎在爱人身边。

这部影片让所有人都重新思考了婚姻和这种禁忌之爱。在影片中，弗朗西斯卡问罗伯特去过的地方哪里最刺激时，他说是非洲，因为那里人和野兽、野兽和野兽，物竞天择，适者生存，那里没有外在的道德，只是顺其自然。的确，影片对于道德提出了挑战。在本片中，不是所有的感情和爱都能用道德去评判的，是与非、对与错都略显单薄。

在和他相遇时，她早就猜到了故事的结局。然而，她已经没有遗憾，因为他们的生命曾彼此重叠，他给予的光亮早已穿透她单调的生活，斑驳成诗。她相信，在往后的岁月里，他的影子将出现在生活里任何细碎的角落，成画亦成篇。

《大话西游》：
我的意中人是一个盖世英雄

我的意中人是个盖世英雄，

有一天他会踩着七色云彩来娶我，

我猜中了前头，可是我猜不着这结局。

——紫霞仙子

→影片简介

影片《大话西游之大圣娶亲》（又名《大话西游之仙履奇缘》）是《大话西游》系列的第二部，由刘镇伟导演，技安编剧，周星驰制作，周星驰、朱茵、莫文蔚、蔡少芬、陆树铭、吴孟达等人主演。该片曾入围第15届香港电影金像奖最佳编剧奖和最佳男主角奖。本片讲述了至尊宝为了救白晶晶，通过月光宝盒穿越回到500年前，遇见紫霞仙子后发生一段感情，最终变为孙悟空的故事。

500年前，孙悟空（周星驰饰）不想去西天取经，更受不了唐僧（罗家英饰）的唠叨，于是他和牛魔王抓了唐僧，遭到了上天的责罚。为了能让孙悟空悔悟，唐僧愿意一命换一命，感动了观音大士，让孙悟空500年后重新做人。

500年后，孙悟空成了山贼至尊宝，并且喜欢上了白晶晶（莫文蔚饰）。然而，为了救回白晶晶，他利用月光宝盒穿越回500年前。只是他没有找到白晶晶，而是遇到了紫霞仙子（朱茵饰）。

紫霞仙子是如来佛祖座前日月神灯的灯芯（白天是紫霞，晚上是青霞）。她发过誓，谁能拔出她手中的紫青宝剑就是她的如意郎君。至尊宝无意间拔出宝剑，因此她决定以身相许。然而至尊宝心里一直想着白晶晶，只能欺骗她，以此要回月光宝盒去找晶晶。后来，紫霞迷失大漠被牛魔王救下，并被逼与其成亲。众人混乱打斗之际，至尊宝意外遇到了500年前的白晶晶。只是当他要和白晶晶成婚时，却发现自己爱的竟然是紫霞。于是，至尊宝变成了孙悟空去救紫霞，但那意味着他要忘掉七情六欲。

最终，紫霞为孙悟空挡下一剑，永远地离开了。故事的结尾，孙悟空穿越回现实，看着墙头上的夕阳武士（周星驰饰）和紫霞，无奈地转身，带着无限的遗憾护送唐僧西天取经。

→紫霞仙子

"我的意中人是一个盖世英雄。上天既然安排他拔出我的紫青宝剑，他一定是一个不平凡的人，错不了！我知道有一天他会在一个万众瞩目的情况下出现，身披金甲圣衣，脚踏七色云彩来娶我！"

紫霞仙子曾是如来佛祖座前日月神灯的灯芯，她和姐姐青霞共用一个肉体，白天是紫霞，晚上是青霞。至尊宝遇到青霞时还提到了林青霞和秦汉这两个名字，似乎有所指向。这个桥段让我们想到了王家卫《东邪西毒》中林青霞饰演的慕容燕和慕容嫣，同样是两个互相憎恨的人。两种人格，紫霞痴傻地爱着至尊宝，等着他来救自己，而青霞一直在嘲笑她的痴傻。她是女孩成长过程中的两面，一方面纯真地肯定自己的爱，另一方面嘲笑并保护着自己的爱。紫霞仙子因人间情爱叛离仙界，最终为了救至尊宝被牛魔王错杀，而青霞终于明白人间情爱是假，回到了佛祖身边。正如林青霞最后被秦汉所伤，于1994年嫁给了可以给她幸福的邢李源，而《大话西游》的拍摄时间正是在他们结婚之后。

其实，至尊宝一直在骗紫霞，但是紫霞说："骗就骗吧，就像飞蛾一样，明知道会受伤，还是会扑到火上，飞蛾就那么傻。"她应该知道至尊宝是骗自己的，但还是义无反顾地帮他拿月光宝盒。紫霞曾发誓："谁拔出我的紫青宝剑，谁就是我的如意郎君。"很多女孩子都做过这样的承诺，谁能如何，那就是上天的安排，我便愿意和他一生一世在一起。紫霞爱了，也伤了，但没有悔恨。

最后，紫霞的盖世英雄真的出现了，可是他完全忘了自己。她猜中了故事的开头，但没有猜到结局。出现之时，也是她死去之时。然而，紫霞是不悔的，因为她曾经轰轰烈烈地爱过一场，就像朱茵、林青霞曾经的苦恋。

在爱情面前，所有姑娘都会变得痴傻，可爱了就是爱了，还管得了什么？一切都将随风而逝。年少的我们还都不懂爱情，但懂后竟然要面对失去甚或是永远失去。

→那人好像一条狗

曾经有一份真诚的爱情摆在我的面前，但是我没有珍惜。等到失去的时候才后悔莫及，尘世间最痛苦的事莫过于此。如果上天可以给我一个机会再来一次的话，我会跟那个女孩说我爱她。如果非要把这份爱加上一个期限，我希望是……一万年！

命运一直在和至尊宝开着玩笑。他以为自己爱的是500年后的白晶晶，然而他根本不知道，回到500年前其实是为了找紫霞。当年，观音大士告诉至尊宝，当他遇到给自己三颗痣的人就会变成孙悟空。原来，紫霞就是那个让他成为盖世英雄、懂得责任和使命、从劣猴变成大圣的人，也是他永远失去的人。

最终，至尊宝的选择是痛苦的：如果他要救紫霞，就必须戴上金箍变成神通广大的孙悟空打败牛魔王，然而变成孙悟空就必须忘掉七情六欲，随唐僧去西天取经。这个时候的至尊宝终于明白自己最爱的是紫霞，可当他知道之时也是失去之时。

正如年轻时的爱情，在你最不懂事、最无能为力、最不能给对方幸福时遇到了最爱的人，但当你真正拥有和世界抗衡的能力时，你已经永远失去了她。人世间最痛苦的事莫过于此，失去后才知道这是此生至爱。

影片结尾，时光穿梭，是又一个时空：至尊宝化身的夕阳武士和紫霞化身站在城头已对峙了三天三夜，引来无数人围观。紫霞想留下他，但他执意要走。其实，夕阳武士心知肚明，自己爱她，但就是不愿承认。随后，孙悟空附身夕阳武士，给了紫霞深深一吻，这一吻足以超越时空，成为永恒。孙悟空终于有机会说出"我爱你"那三个字，两人紧紧拥抱。只是，这又是一次欺骗。孙悟空永远失去了紫霞，留下的是城头紧紧相拥的他和她。夕阳武士对着孙悟空落寞的背影笑着说："他好像一条狗啊！"紫霞也疑惑不解地看着他的背影笑。是呀，他对着自己的背影说，那人好像一条狗。他在嘲笑这无情的命运，一次次让他错失。最后，结尾的《一生所爱》透着无限的悲伤和无奈。当年看星爷的无厘头觉得莫名其妙，为什么最后要冒出这句话。很多人说当你真正看懂《大话西游》时，也就是真正懂得爱情的时候。只是真正看懂星爷时，岁月忽已暮。

　　他已无敌，但代价就是失去她。不知你是否还记得《美人鱼》中的那首插曲《无敌》："无敌是多么，多么寂寞。无敌是多么，多么空虚。躲在天边的她，可不可听我诉说。"多么落寞的独唱，我们仿佛看到了大漠中孤独的孙悟空和周星驰。

《青蛇》：
红尘多可笑，痴情最无聊

我就是沉迷女色，

我就是贪恋红尘。

——许仙

→影片简介

　　电影《青蛇》改编自李碧华的同名小说，由徐克导演，张曼玉、王祖贤、赵文卓、吴兴国等人主演。故事取材自民间传说《白蛇传》，但和以往《白蛇传》的影视作品截然不同，是从青蛇的角度去讲述青蛇、白蛇、许仙及法海之间的情感纠葛。

　　南宋期间，民生苟安，市集人妖难分，威严的法海（赵文卓饰）到处收妖。在收伏以慈祥老僧为掩饰的蜘蛛精后，惊扰了西湖底修炼的青白二蛇。其后，青蛇与白蛇受妖精佛珠灵光所惑，开窍。

　　青蛇（张曼玉饰）曾因白蛇（王祖贤饰）相救，二人以姐妹相称。白蛇修炼千年，有了人性，已经无法耐住做蛇的寂寞，于是带着青蛇爬到房梁上窥看红尘。青蛇道行尚浅，蛇性未改，只顾歌舞胡闹；而白蛇道行较高，喜欢上了爱书卷、志在功名的许仙。

　　法海在一次与心魔决战之后，又功力大增，意识到杭州出现妖气，满怀信心持禅杖下山为民除害。

在人间，春心已动的白蛇念咒催雨，与许仙西湖相遇。之后，白蛇嫁给了许仙。青蛇不明情为何物，总是学着姐姐用媚态勾引许仙，但许仙只爱白蛇一人。

白蛇将沼泽地变成了宅子，并开了药店，和许仙在此生活。端午节，因为雄黄酒小青现了原形，令许仙吓破了胆。青白二蛇去昆仑山偷灵芝救许仙，但是青蛇被法海困住。法海为了提高道行，驱走内心的魔障，让青蛇助他，但是他最后还是输了。一气之下，法海决定收了青白二蛇。

法海得知青白二蛇的下落，告诫许仙小心。不过，许仙明知她们的真实身份，但又贪恋风月，财色兼收，心情矛盾。之后，许仙受不了青蛇的百般挑逗，被她引诱。白蛇知道青蛇勾引了许仙后，姐妹各起杀机，誓不两立。然而，白蛇为了爱情放弃千年修行，并且怀了身孕。青蛇决定成全白蛇，悄然引退。然而，这个时候法海抓走了许仙，让他回头是岸，逼他出家。为了救回丈夫，二蛇与法海展开了搏斗……法海竭尽所能去收伏二蛇，来掩盖他的妄念。

水漫金山时，白蛇因腹疼产子，节节败退。白蛇此时甘愿受镇于雷峰塔下，并托孤于青蛇。法海一时心软，令大水反淹金山寺。白蛇在打斗中葬身洪水之中，而青蛇则杀了许仙让其去陪白蛇。法海看着眼前死去的众生，心情复杂，知道自己罪孽深重。最后法海自知闯不过情关，道行已丧，放青蛇一条生路，让其重返西湖。影片结尾，竹林叶子上流下一滴佛的眼泪。

→黄霑：《流光飞舞》

留人间几回爱，迎浮生千重变

与有情人做快乐事，莫问是劫是缘

——陈淑桦《流光飞舞》

影片主题曲《流光飞舞》由黄霑作词，成为经典之一。2004年，黄霑因肺癌去世，享年63岁，至此"香港四大才子"就剩下金庸、倪匡和蔡澜还在滚滚红尘里活着。

黄霑的一生见证着香港乐坛的崛起、辉煌与没落，成了香港一个时代的标签。他不仅会作词，还会作曲、演唱、主持节目、写小说和剧本，一生创作了2000多首作品。在我们熟悉的金庸武侠改编的电影中，很多歌曲就出自黄霑之手，大多都在徐克的武侠中，例如《倩女幽魂》（《倩女幽魂》）、《沧海一声笑》（《笑傲江湖》）、《男儿当自强》（《黄飞鸿》）。

《流光飞舞》这首歌，听得让人发酥，让人不得不惊叹他的才华。黄霑自己给这首歌的评价是"耐听"。缠绵哀婉，青白二蛇顾盼生姿，腰肢摇动，在红尘间看着流光飞舞。"跟有情人做快乐事，莫问是劫是缘"，人世多艰，好不容易走此一遭，有多少爱能被留住？变数难免，浩劫亦难逃。

不问劫缘，因为最终它总会气势汹汹而来；珍惜当下，因为其他都过于缥缈。

→两面的诱惑：红玫瑰与白玫瑰

也许每一个男人的一辈子全都有过这样两个女人，至少两个。娶了红玫瑰，久而久之，红的变了墙上的一抹蚊子血，而白的还是"床前明月光"。娶了白玫瑰，白的便是衣服上沾的一粒饭黏子，红的却是心口上的一颗朱砂痣。

——张爱玲《红玫瑰与白玫瑰》

张爱玲《红玫瑰与白玫瑰》这段话，道尽了男女之情的秘密。张爱玲是懂得男女规则的，不留余地地将之剖析得如此透彻。难怪很多人不喜欢她的作品，因为太过真实，将人性丑恶、世情苦楚都道了个尽。

你不想承认也必须承认，人心是永远不会被满足的。这就是两面的诱惑：张爱玲的红玫瑰与白玫瑰，李碧华的青蛇与白蛇、许仙与法海。

→青蛇和白蛇

每个男人，都希望他生命中有两个女人：白蛇和青蛇。同期的，相间的，点缀他荒芜的命运。——只是，当他得到白蛇，她渐渐成了朱门旁惨白的余灰；那青蛇，却是树顶青翠欲滴爽脆刮辣的嫩叶子。到他得了青蛇，她反是百子柜中闷绿的山草药；而白蛇，抬尽了头方见天际皑皑飘飞柔情万缕新雪花。

——李碧华《青蛇》

那个许仙，有了美貌如花的白蛇，后来还是被青蛇勾引，在两人之间摇摆不定，这就是男人的心理。白蛇贤惠持家，对许仙百般呵护，但这表面傻乎乎的老实人还是定力不够，又迷恋上了青蛇。

最后法海抓了许仙，让他剃发修行，不要沉迷于女色，但许仙回他："沉迷于女色，我愿意！"许仙明知白素贞和小青是妖，但他还是贪慕红尘女色。这就是男人，明知有些女人有毒，但还是想要去碰一碰，就算会被毒死。最后白蛇因许仙而死，并且留下了他的孩子。青蛇不明白，白蛇修炼千年就为了一个许仙，根本不值得。只是，这世间的情事有谁能说明白？有些男人，看上去老实，但是心里永远在骚动。应了陈奕迅《红玫瑰》中的那句："得不到的永远在骚动。"

青蛇看着被水淹没的杭州城，以及被法海杀死的众生说："我到人世来，被世人所误，都说人间有情，但是情为何物？真是可笑，连你们人都不知道。"青蛇最后用嘲讽的语气评说了许仙和法海，这两个男人，一个背叛了白蛇，另一个害死了白蛇。她的心也凉了，这就是人世最冷酷的情。

→许仙和法海

每个女人，也希望她生命中有两个男人：许仙和法海。是的，法海是用尽千方百计博他偶一欢心的金漆神像，生世位候他稍假辞色，仰之弥高；许仙是依依挽手，细细画眉的美少年，给你讲最好听的话语来慰帖心灵。——但只因到手了，他没一句话说得准，没一个动作硬朗。万一法海肯臣眼呢，又嫌他刚强急慢，不解温柔，枉费心机。

——李碧华《青蛇》

某日，在树林里，法海遇到了一个全身赤裸的孕妇，勾起了自己的欲念。此后，他开始和魔障展开斗争。他让小青助他修行，不料在和小青斗法的时候，他走火入魔。法海输了，并且动了欲念，但他就是不承认。小青最后的挑衅让他大开杀戒，这就是心魔。

白蛇看上许仙，因为许仙老实，不会添什么乱。至于法海呢，白蛇告诫小青不要去招惹，因为他道行太深，并且没有人的感情。不过小青呢，还是勾引了许仙，又去招惹了法海。这就是女人，永远不会满足。

许仙和法海是对立的两面，女人嫁了许仙，你觉得他唯唯诺诺，只知道围在老婆孩子面前转，心里仰慕着可以翻云覆雨的法海；可是女人如果嫁了法海，他整天沉醉于事业，不懂浪漫不解风情，不能时刻陪伴左右，心里则又念着温柔体贴的许仙。

偶开天眼觑红尘，可怜身是眼中人。

——王国维《浣西沙·山寺微茫》

回味当年的《青蛇》，再看如今的红尘人，多少令人唏嘘。王祖贤情场失意，远走加拿大；张曼玉息影，玩起了摇滚；赵文卓也与他的辉煌时代渐行渐远；黄霑去世十多年，留给我们的是对辉煌时期香港歌坛的一丝念想；陈淑桦因抑郁症，形容枯槁；徐克依旧驰骋于他一个人的武侠世界。

"偶开天眼觑红尘，可怜身是眼中人。"红尘多可笑，痴情最无聊。你以为自己是法海或小青，没有人的感情，有的是金刚不坏之身，却一不小心成了许仙和白蛇。可是即便如此，那又怎样呢？借用许仙那句话："我就是沉迷女色，我就是贪恋红尘。"没错，我就是执迷不悟，我就是贪恋潋滟红尘，我就是沉迷于你。

《倩女幽魂》：
红尘里，梦有几多方向

人生路，美梦似路长

路里风霜，风霜扑面干

红尘里

美梦有几多方向

找痴痴梦幻中心爱

路随人茫茫

——张国荣《倩女幽魂》

→影片简介

影片《倩女幽魂》由程小东执导，徐克监制。该片先后获得第16届法国科幻电影节评审团特别奖、葡萄牙科幻电影节最佳电影大奖、第24届台湾电影金马奖最佳改编剧本等奖项。

书生宁采臣（张国荣饰）赴郭北县收账，路逢大雨淋湿了账本，以致无法收账。身无盘缠的他躲入传说中的鬼寺兰若寺投宿，但被寺内道士燕赤霞（午马饰）拒绝。夜晚，宁采臣偷偷潜入寺中，被一阵琴音吸引，邂逅了少女聂小倩（王祖贤饰）。然而，小倩对他起了杀机，幸亏燕赤霞赶到，救了宁采臣一命。原来小倩是死去的鬼魂，被树妖姥姥控制，专门迷惑精壮男子代姥姥吸取阳气。

小倩见宁采臣心地善良不忍加害，且心生爱意。此后，二人两情相悦。宁采臣误认燕赤霞为杀人犯，想要带小倩逃走，但是树妖姥姥逼小倩杀了宁采臣，小倩不肯。此时，宁采臣才知小倩原来是一游魂。

由于姥姥功力深厚，小倩无法脱离其魔掌，宁采臣向燕赤霞求救。燕赤霞被他的执拗和善良感动，欲与他找到小倩骨灰让小倩投胎转世。然而，此刻小倩又被黑山老妖强抢为妻，几个人又展开了一场大战。最后，燕赤霞和宁采臣终于救回小倩，让小倩投胎转世。只是宁采臣和聂小倩这对有情人始终无法携手共赴红尘。

→徐克的乱世图景

这部影片的导演虽然是程小东，但是我们总是能看到徐克的影子。纵观全片，都流露着浓重的徐老怪风格：梦幻、气氛阴郁、美术气息浓、天马流星……徐克的电影总能让人感到酣畅淋漓，没有过多的拘束和克制。英雄临风鹤立，煮酒相逢，将中国古典文化的侠义精神与现代人文精神融为一体，淋漓尽致地展现出来。

徐克的武侠，故事背景都处于朝政混乱、民生困苦的年代。人与人之间唯利是图，而主人公们都是满怀正义与理想，都是爱与善的化身。我们总能在徐克的江湖里看到些许柔情，那里不会显得过于硬朗，而是留下了儿女情长、爱与善。影片中的男主人公，怕鬼怪、也惧妖魔，但在爱情面前，他们会变得非常勇敢；他们相信爱与正义、善良与美好。尽管这些人被看成不切实际的代表，但在历史中有着决定性的作用。《倩女幽魂》代表了徐克的黄金时代，至此徐克电影工作室成为一个品牌。

徐克的武侠为我们构建了一幅乱世之图，结局往往以悲剧收场，留给世人的是无限惆怅和遗憾。如今，我们再回头看看，世间再无当年的宁采臣和聂小倩。哥哥走了，王祖贤远走海外，影迷也都老了，留下的只是华语电影一片群魔乱舞、黑白不分的现状。

→聂小倩：清冷幽怨的女子

世界上许多人害人比鬼还凶，而许多鬼却含冤难雪、受尽冤屈，以致无法超生。事实上，鬼有时候比人更善良。

王祖贤饰演的聂小倩美得不可方物，后人再无法复制和超越。她将聂小倩演得不仅美，而且凄。令人回味的，是她在门缝里的惊鸿一瞥，乌发散落，白衣飘逝，成了人间绝唱。

在人间，我们根本无法找到聂小倩这样的女子。她是蒲松龄笔下的孤魂，美艳清冷，有着倾国倾城的容貌，也有着饱受煎熬的内心。她与宁采臣，人鬼殊途，注定是一场悲剧。电影中，宁采臣对集市中一幅美女洗头图一见如故，那就是聂小倩，可望而不可即。这让人不禁想起《天龙八部》里段誉初识神仙姐姐一段，情起一幅画，从此便是一生牵绊。一个是女鬼，一个似神仙，但两个人物形象的身边都有一个傻乎乎的有着书生气的男子陪伴左右。或许正应了那句话——傻人有傻福，最终赢得女神青睐的都是那些心地善良、呆头呆脑一根筋的男子。

在聂小倩之前，王祖贤饰演的那些角色都没有引起大家的关注。此后，她似乎成了女鬼专业户，成功地在港台娱乐圈打出了自己的一片天地，与张曼玉、钟楚红、关之琳并称20世纪90年代初香港影坛"四大名旦"。然而，在经历了情感的挫折后，2001年王祖贤在《游园惊梦》的发布会上突然宣布息影，引来一片哗然。在王祖贤以后，我们也看过诸多版本的女鬼，要么妖媚、要么清纯、要么仙气逼人，但再也没有人能演出蒲松龄笔下的清冷幽怨。从此，人间再无聂小倩。

→人生路：红尘里，美梦有几多方向

哥哥张国荣的宁采臣书生气十足，眼神忧郁，再次回味时眼眶不禁还是会泛红。他唱的主题曲《倩女幽魂》忧郁但不失积极，沉郁但不压抑，对未来之路充满着美好的期待。在1989年哥哥的告别演唱会上，这首歌的旋律再次响起，引来台下一阵尖叫声。在后半段，场下的歌迷们和哥哥一起用"啦啦啦"哼着曲调，仿佛一直在回味自己这33年走过的人生路。台上的他依旧有着迷人的笑容，也许那是他最不孤独的时刻，因为台下有那么多爱着他的人。前路多艰，"梦里风霜，风霜扑面干"。这就是人生路。

2003年4月1日，他给世人开了一个天大的玩笑，从文华东方酒店跳下。从此，我们只能在银幕中怀念他，在唱片中回忆他。从宁采臣、阿飞、陈蝶衣，到欧阳锋、何宝荣……哥哥的容貌依旧，歌声也还在耳畔回荡。经年后，他活在了传说之中，活在了我们的回忆中。2017年，他应该有61岁了，但样貌永远停留在了2003年的那个愚人节。如今我们，都在慢慢老去。

人生就似一场与心爱之人红尘做伴、策马扬鞭的故事，没有道路险阻，怎能明白真情不易？他们都是红尘人，有美梦、有幻想，策马扬鞭驰骋江湖，却难免要身逢乱世，看尽群魔乱舞。燕赤霞最后说道："其实，人生不逢时，比做鬼还惨。"乱世儿女，民生多艰，衙门的官员断案无能、昏庸糊弄，百姓深陷水火之中。然而，乱世造英雄，乱世多人杰。无论是燕赤霞、宁采臣，还是聂小倩，他们都是乱世中有情有义的人儿。

很多时候，我们都喜欢听鬼神的故事，因为那里远离现世。在那个世界里，我们似乎可以天马行空地任意遨游。或许，我们更希望生活在鬼神的世界里，因为那里多少有些真情和善意。

人生路，美梦似路长，而我依旧愿意跋山涉水地去寻一遭。你说那是痴人说梦，可谁不是在这似幻似真的梦途里痴傻迷路？

章八

错过，我们都曾爱过

　　在他们相遇时，她将他看作自己的全世界。然而，造化、背叛、时空都让他们分离，至于是否还能相遇，结局是喜是悲，都是未知数。

　　虽然错过，但她们都曾爱过。

《致我们终将逝去的青春》：
唯有她的青春不朽

年华老去，回望青春，

什么是不朽？

原来，

不朽的竟是——

那些年，勇敢且无畏的自己。

→影片简介

电影《致我们终将逝去的青春》改编自辛夷坞同名畅销小说，由赵薇执导。这也是赵薇在北京电影学院导演系研究生专业的毕业作品。

女生郑微（杨子姗饰）在18岁那年如愿考上大学，那正是青梅竹马的邻家大哥哥林静（韩庚饰）的邻校。但是，等她充满希望踏入大学校园后，遭遇了命运的捉弄——林静出国留学，杳无音信。万分伤心之际，郑微与室友阮莞（江疏影饰）、朱小北（刘雅瑟饰）、黎维娟（张瑶饰）及师哥老张（包贝尔饰）结下深厚友谊，慢慢打开心结。在大学的新生活里，富家公子许开阳（郑恺饰）对郑微展开了疯狂的追求。此外，一次偶然的误会让郑微和老张室友陈孝正成为死敌。在她与陈孝正一次次的对抗中，竟然发现自己喜欢上了这个人。于是，她开始疯狂地追求陈孝正，之后两人走到了一起。

大学四年时光匆匆流逝，毕业在即的郑微憧憬着美好的未来，却再一次遭遇晴天霹雳：陈孝正得到校长女儿曾毓（王嘉佳饰）出国留学的名额，迟迟不敢告诉郑微。感觉再次被欺骗的郑微痛苦地离开了陈孝正，此刻正遇到了搂着新欢的许开阳。在她的眼中，世界竟然如此荒凉。

如果说，郑微的这条线是爱情的变幻无常，那么阮莞就成了影片中的另一条线——爱情的坚守。阮莞就是那个人人仰望的女神，但是她一直守着心爱的高中同学赵世勇。与此同时，在大学时期，她总是收到神秘人物的满天星。在阮莞因意外发生车祸身亡后，那个神秘的送花人终于出现，他就是老张。

时光荏苒，回望那些年逝去的青春，他们早已不再是曾经的自己。

→不朽的青春

在电影结束的那一刻，留在我脑海里的名字只有阮莞。女主人公郑微站在阮莞的墓碑前说："阮阮，只有你，只有你的青春永不腐朽。"的确，在这部电影中，所有人的感情都在变，唯有阮莞从高中开始就一直在傻傻地爱着赵世勇。大学时，异地恋的他们出现了情感危机：赵世勇和一个女孩偷情，并致其怀孕。此刻，阮莞做出了让人无法理解的行为——她承受着心中的痛，傻傻地原谅了他，甚至为他借钱帮助那个女孩打胎。那些年，她为了赵世勇，拒绝了更好的爱情。

毕业后，与赵世勇相爱多年的阮莞突然告诉赵世勇："我怀孕了。"阮莞的一句玩笑话换来的并不是赵世勇的承担与责任，而是他的恐惧与惊慌失措。看到这里，观众们应该彻底看清了赵世勇这个人物：懦弱、胆小怕事，没有责任感。也就是因为他一次次的逃避与害怕，才将阮莞抛向了最无助的境地，最终让阮莞彻底死了心。

后来，到了谈婚论嫁的时候，阮莞找了一个合适的结婚对象。当然，与所有的故事一样，他们之间并没有爱情。阮莞将所有的爱都给了那个人——伤她最深的赵世勇。我们都以为阮莞就这样嫁给了未婚夫，然而她的又一次决定让你我瞠目。就在结婚前，赵世勇找阮莞去看那场曾经约定的演唱会。就这样，阮莞二话不说，飞奔着、义无反顾地去赴那场属于青春的盛宴。可是就在路上，一辆汽车疾驰而过，将她的青春就此定格，终成永恒。

很多观众会替阮莞不值，为什么要对这样一个人念念不忘，甚至到了庇护的地步。这样一个人根本不配拥有阮莞的爱。可是，没有经历过这种感情的人根本不会懂得阮莞的痴恋。在这个世界上，没有人可以真正对另一个人的伤痛有切身体会。

她说过："碰到爱情，没一个女人有智商！"的确，再聪明的女人在爱情面前都会变成笨蛋。阮莞是影片中出场最为惊艳的那个角色，但也是被命运摧毁得最彻底的那个。鲁迅先生对悲剧这样定义："悲剧就是将人生有价值的东西毁灭给人看。"的确，最美好，爱得最深切的人，最后竟是这样被毁灭的。

→爱情，以死来句读

在这个世界上，还有很多像阮莞那样的女孩子，倾尽一生，只为一人。她为了那段深情，甚至葬送了自己的生命。突然想起台湾女作家简媜在《四月裂帛》中写的那句话："深情即是一桩悲剧，必得以死来句读。"其实，深情还是一杯烈酒，倾尽全部的那一刻，我们必将泪流满面。后来，我们终于明白，这就是爱情，这就是青春。

最痛苦的就是，在对的时间里遇到了错的人；在最好的年纪，她们都遇到了一个伤自己最深的人。可是，姑娘们就是想不开，一头扎进那人的怀里。伤心也好，难过也罢，这段追逐成了自己一个人的狂欢。很多年后，当我们回望那段被时光掩埋的岁月时，才会发现：在时光的废墟中，唯独记得的是那个勇敢无畏的自己。

我不知道该怎样去诠释爱，但无论对错，在那场追逐的盛宴里，她们都是无悔的一族，她们用最纯粹的爱定格了年华，不朽了青春。生命本身就是一场绝望的等待，最终我们还是放开了他的手。放开的那一刻，我们顿时释然了。曾经，我们不相信可以忘掉那个人，甚至认为自己永远摆脱不了他的阴影，但时间还是成功将我们救赎，也或许只是我们变得麻木不仁。可就算是麻木不仁，也比永远沉浸在痛苦中好。清醒后，姑娘们告诉自己：从今以后，再也不会有这样一个人可以支配自己的悲喜。

姑娘们都曾用力地、倾注所有地去爱过一个人。回忆中的那些往事总是那么清晰且刺痛人心。记忆中的我们是青涩的、纯粹的，还没有深谙爱情中的某些规则。等到明白那些规则后，才发现当年的自己有多么美好。现在你再回顾曾经的自己，一定不会觉得自己是痴傻的可怜人。你会心生敬畏，甚至会感慨，曾经的自己是那么勇敢，竟然能不顾一切地去爱着。

年华老去，回望青春，什么是不朽？原来不朽的竟是那些年勇敢且无谓的自己。而今，再也找不到那样的自己。

《理智与情感》：
爱是永不褪色的印记

爱是永不褪色的印记，

纵使狂风暴雨，

也绝不动摇。

——《莎士比亚十四行诗》第116首

→影片简介

影片《理智与情感》（*Sense and Sensibility*）由华人导演李安拍摄，改编自简·奥斯汀（Jane Austen）的同名小说。这部影片曾获得第68届奥斯卡金像奖最佳改编剧本奖，以及最佳影片、最佳女主角等8项提名奖，还获得了第46届柏林电影节金熊奖。

本片以爱情为主题，开头老庄园主简单的临终遗言介绍了整个故事的背景，他的太太和女儿们没有资格继承遗产。可怜的母女四人被长子逐出了庄园。靠着亲戚的帮助，她们在一个小小的农舍安顿了下来。后来，影片通过两条线展开故事：

一条讲述了大姐埃莉诺（艾玛·汤普森饰）与爱德华（休·格兰特饰）之间的爱情，但是姐姐顾及两人悬殊的地位一直在努力克制自己的感情。在受到重重阻隔后，有情人终成眷属。

另一条讲述了妹妹玛丽安（凯特·温丝莱特饰）与英俊的军官威洛比（格雷·怀斯饰）陷入热恋，热情奔放地表达自己对他的感情，但被他玩弄，甚至伤害了自己的追求者布兰登上校（艾伦·里克曼饰）。最终，受伤的妹妹清醒过来与布兰登上校在一起。

影片想传达的主题是，在爱情中，两姐妹是更受到理智的影响，还是爱情的左右。

→片名与中国哲学

与好莱坞传统男性导演相比，李安是一个极其"人性化"的导演，风格较阴柔，其细腻的表现手法、准确的情感把握在这部影片里发挥得淋漓尽致。李安用他的温和与包容，细腻且深刻的语言慢慢打动观众，让人明白"人性"的真谛。

简·奥斯汀的《理智与情感》被李安注入了中式的"阴阳"哲学。因为人是一个整体，有两面性，没有全然的理性，也没有全然的感性。他说片名应该翻译成《知性与感性》，不应该完全分为理性和感性这两方面，而是知性之中包含着感性。在埃莉诺身上，理性的姐姐得到了一个最浪漫的结局，妹妹则对感性有了理性的认识。它之所以动人原因在此，并非姐姐理性、妹妹感性的比较，或谁是谁非。

许多西方人还不见得容易体会到简·奥斯汀的两面性，反倒是中国人一点就通。这个观念与中国的"阴阳"相结合，对李安之后拍摄《卧虎藏龙》以及构思《绿巨人》都有影响。

→《莎士比亚十四行诗》第116首

在影片中，出现了《莎士比亚十四行诗》的第116首。第116首被誉为"英语诗歌宝库中一串最璀璨耀眼的明珠"中的一颗，其歌颂了爱的忠贞不渝，认为真爱不会受到任何阻碍，并能与时间对抗。这首诗表达了莎士比亚无论对友情还是爱情，都持有那种坚定和忠贞的信仰。

诗歌是情感的产物，人们也同样能够从中挖掘出深刻的情感。由于妹妹玛丽安更容易受情感的影响，所以这首诗正体现她感性的一面。诗歌出现在她对爱情的希望与失望两个阶段。

影片中，当威洛比第二次回访受伤的玛丽安时，莎士比亚的第116首诗出现了。他惊喜地发现一本莎士比亚的诗集并问玛丽安最爱的是哪首诗。玛丽安回答是第116首，两人便一起诵读起来：

> 我绝不承认，两颗真心的结合
>
> 会有任何阻碍。爱算不得真爱，
>
> 若是一看见人家改变便转舵，
>
> 或者一看见人家转弯便离开。
>
> 哦，决不！爱是亘古长明的塔灯，
>
> 它定睛望着风暴却兀不为动；
>
> …………

在透着阳光的房间中，玛丽安与威洛比共同读诗、深情对望，表现了两人心中爱的萌芽。威洛比的语速由慢到快，语调也是越来越重，之后玛丽安的加入，和他一起诵读时加重的语调产生了不同寻常的效果。这一过程，由轻到重、由慢到快的语言旋律，通过语调的转变，使两人的语言更引人注意，表现了当时两人碰到知音时的激动情绪。

此时，玛丽安还没有经历过爱情，对爱情的态度还像诗中表达的那样，以为能够经受住任何阻碍，并与时间对抗，这里所建构的意义是他们对真爱的渴望与坚定。和后面玛丽安遭遇背叛的情况不同，这里诗更多的是表现爱情的美好。诗中"真心""阻碍""改变""风暴"这些词语都暗示了影片后面的情节，并预示着故事的发展方向。

随着故事的发展，威洛比抛弃玛丽安和一位富家小姐在一起了，而后崩溃的玛丽安在暴风雨中又念起了这首诗中的句子（同上）。玛丽安被雨水淋湿的面部特写镜头，失魂落魄的眼神中透着绝望，这些都传达出她内心的极度悲凉，因此诗在这里更多表露的是爱情的背叛。灰暗的天空中风雨交加，极度悲伤的玛丽安道出了爱情的易逝。

该诗出现在电影的转折处，遭受爱情背叛的玛丽安再念起这首诗的时候，内心的情感显然已经是另一个状态，诗的意义也随之改变。一首歌颂忠贞爱情的诗与电影中威洛比对神圣爱情的亵渎形成了鲜明的对比，这里俨然成了玛丽安对他失望的控诉。在电影中，通过情节的转变，诗歌所要建构的新意义是玛丽安对爱情的坚定与忠诚，以及控诉了男主人公对爱情的背叛与亵渎。

→爱情中的理智与情感

本片对于女性的感情非常有启发意义。妹妹玛丽安的感情多是外露的，在承受丧父之痛时，她独自坐在三角钢琴前，弹奏着父亲最喜欢的曲子，那忧伤的表情，肆意地表达着自己的悲伤。理智的大姐埃莉诺则不同，因为她知道生活不会因为悲伤而暂停，泪水解决不了任何问题，她要寻找合适的房子，安慰母亲和妹妹们，解散用人、包装礼物，礼貌地和来接管庄园的客人交谈……

都说女人是情感动物，在感情面前，她们的智商都会降低，被情感所左右；当然，还有很多女人会太过理性，考虑太多问题，不敢开始感情。这两种情况都是过于极端的，不适合感情的发展。

李安的这部影片其实是一种中和，告诉我们在感情面前是需要理性的，但同样也需要感性去调和。最后，埃莉诺和爱德华有了浪漫的结果，玛丽安也选择了适合自己的布兰登上校。

在爱情中，太过理性，或是太过理想主义，都会让人受伤。在权衡利弊与全身心付出之间，我们应该寻找一个折中，这才是对待爱情的正确方式。不过，就算受过伤害，我们依旧还是希望爱情能像莎翁所说："爱是永不褪色的印记。"

《甜蜜蜜》：
乱世浮生，我还记得你

命中注定的人，

无论中间经过多少曲折，

终会相遇。

——陈可辛《甜蜜蜜》

→影片简介

电影《甜蜜蜜》由陈可辛执导，张曼玉、黎明、杨恭如、曾志伟等人参演。本片讲述了从内地开放后到香港回归祖国前，黎小军（黎明饰）和李翘（张曼玉饰）长达10年的感情纠葛，1997年被《时代》周刊选为年度全球十大佳片第二位。

1986年改革开放初期，无数怀揣梦想的年轻人南下经商。勤劳朴实的黎小军告别女友方小婷（杨恭如饰）从天津来到香港打拼，希望有一天能挣到钱并将方小婷接来风光结婚，但现实要比想象中艰难得多。

在香港，他认识了同样来此奋斗的广州姑娘李翘。两个孤独的人都喜欢邓丽君，在相处中找到了慰藉，产生了爱情。直到有一天，他们发现其实对方都不是自己来香港的理想所在，于是他们分手了。后来，黎小军娶了方小婷，而李翘则跟了黑社会的豹哥（曾志伟饰）。然而，两人的缘分并没有到此为止。

时光飞逝，他们终于发现自己一直深爱着对方。于是，黎小军和方小婷离婚，而豹哥也因为意外死去。两个人重新开始了各自漂泊的生活。1995年5月8日，纽约唐人街一家商店的橱窗前播放着邓丽君去世的消息，在街边看着电视中邓丽君的笑容，李翘呆呆地站着。一个熟悉的背影从她身后走过，停在了她的右边。当四目相对，似乎两人在心中又唱起了那首《甜蜜蜜》。这首歌是他们初相识的见证，而十年后，歌者已逝，他们又见面了。

最后，影片又回到了二人初来香港的画面：原来未曾相识时，两个人曾在火车上一直背靠背坐着，他们却始终没有发现对方。到达香港后，出了站台的他们却走向两个不同的方向。结局似乎在告诉我们：命中注定的人，无论中间经过多少曲折，终会相遇。

→邓丽君

甜蜜蜜，你笑得甜蜜蜜

好像花儿开在春风里

开在春风里

在哪里，在哪里见过你

——邓丽君《甜蜜蜜》

在影片中，邓丽君这个线索一直贯穿着故事的始终，有以下几点原因：

其一，向偶像致敬。"有华人的地方就能听见邓丽君的歌声。"邓丽君已经成为华人文化中的一个代表人物。当时剧本写到一半的时候，邓丽君去世了。主创人员突然意识到邓丽君契合这部电影的主题：《甜蜜蜜》讲了中国人漂泊的故事。邓丽君是华人的约翰·列侬（John Winston Lennon），通过她能够将这种状态表现出来。于是，编剧建议用邓丽君的歌，后来大家一拍即合。陈可辛也想通过本片向这位永远的偶像致敬。

其二，身份的区别。20世纪80年代，邓丽君已经处于半退休的状态，几乎不出碟了。然而，80年代刚好是邓丽君在内地流行的年代。黎小军告诉李翘："姑姑说不要说你喜欢邓丽君，人家会认出你是内地人的。"内地人喜欢邓丽君，而香港人觉得自己高内地人一等，所以这里有着身份的区分。

其三，两人关系的桥梁。邓丽君在无形中成了李翘和黎小军的"媒人"。邓丽君的身影和歌声自始至终都出现在他们二人之间：大雨滂沱的夜晚两人一起卖唱片，多年后汽车中播放的《再见！我的爱人》，最终两人因邓丽君去世的消息重逢。影片的结尾，那首《甜蜜蜜》再次将观众打动，仿佛让人回到了曾经的旧时光。

→《甜蜜蜜》和《如果·爱》

陈可辛拍摄《甜蜜蜜》的时间是1996年，也是香港人最彷徨的时候。从1987年香港股票大跌到1995年邓丽君骤逝，观众会和影片中的人物产生一种共鸣。影片中的移民故事，正反映了香港人"无根的状态"。导演陈可辛年轻时在中国香港，也在泰国等地辗转生活，他对那种无依无靠的经历颇有感触，所以他决定用这部电影来表达国人的疏离感。因为《甜蜜蜜》，陈可辛才慢慢被内地人所熟知。

很多人问陈可辛《如果·爱》和《甜蜜蜜》有什么关系。他说这两部电影都是他心中在重拍他喜欢的一部好莱坞经典《卡萨布兰卡》。黎小军和林见东（金城武饰）就是里克·布莱恩（亨弗莱·鲍嘉饰），李翘和孙纳（周迅饰）就是伊莉莎·伦德（英格丽·褒曼饰）。

陈可辛本人最喜欢豹哥和聂文（张学友饰），以及维克多·拉斯罗（保罗·亨雷德饰）——他们都曾把身边的女人放开。他觉得放才是最爱的。回顾影片中豹哥的形象，我们不禁被这个黑社会大哥所感动。身为黑帮老大，他竟然在身上文了李翘喜欢的米老鼠；黎小军结婚那天，李翘睡不着，豹哥明明知道实情，但包容了她；他身处险境逃难，不想李翘跟着受苦、遇到危险，故意说自己在台湾有很多女人，要放李翘走。豹哥的爱是大爱，更是最深沉的爱。

此外，陈可辛喜欢讲"十年"的故事。他觉得没有十年就不够令人唏嘘。《甜蜜蜜》讲的是1985年到1995年，是他觉得香港最美的十年，而《如果·爱》恰好讲的是1996年到2005年，刚好延续下去。

→曾经错过的爱

就像都市里大多数人一样，一辈子也不会认识，却一直生活在一起。

——几米《向左走，向右走》

在影片的最后，观众才得知他们在刚踏上香港这片土地时就错过了，就像《向左走，向右走》中的那道墙，他们之间永远隔着一江水。

有缘，却一次次擦身而过，着实令人遗憾。李翘和黎小军明明相爱着，却又不愿承认。然而，当别离成为注定，又有什么理由不去留住那份爱情呢？如果说第一次的错过是因为内心的欲说还休，那么第二次的错过则是因为爱情的不确定性。李翘和豹哥的感情似乎对现实的李翘来说更加重要。

在纽约，他们又一次次错过，即使黎小军把外卖送给豹哥，两人依旧没有产生交集。纽约的街头，人来人往，两人的距离如此近却又一次次擦肩而过。爱情，就这样通过时间来考验他们的灵魂。上天总是喜欢跟我们开同样的玩笑。爱情可以让两个相识的人形同陌路，也可以让两个不相干的人一见如故。或者，你寻寻觅觅、兜兜转转一圈后，竟然发现自己最爱的人依旧在起点。

他们相爱，但上天就是不让他们轻易相遇，尽管最后他们相遇，但过程总是让人揪心。不过在现实中，大多数人就没有这样被安排的好运气了，现实中错过的爱实在太多。因为误会，因为胆怯，还因为骄傲……我们错过了太多。如果所有错失的爱情都能温暖归来，那该是多么美好，但这又多么奢侈，甚至称得上是奢望。现实永远不会像电影中描述的那样美好，但我们依旧心存一线希望。如果永隔一江水，那么希望有一天你我能跨过这道阻碍，结伴此生。

愿你依旧心存美好："命中注定的人，无论中间经过多少曲折，终会相遇。"

《半生缘》：
我们都回不去了

过了很久我们才知道，

你我的缘分只有半生。

原来，

半生，其实就是一生。

→影片简介

　　电影《半生缘》由许鞍华执导，改编自张爱玲的同名小说。20世纪30年代的上海，沈世钧（黎明饰）和顾曼桢（吴倩莲饰）在同一工厂做工，后来两人成了恋人。曼桢早年丧父，姐姐顾曼璐（梅艳芳饰）为了养活一家老小，心痛地和恋人张豫瑾（王志文饰）分开去当舞女赚钱，后来曼璐又当了妓女，最终嫁给了投机分子、有妇之夫祝鸿才（葛优饰）。

　　某日，世钧收到告急家书回到南京，才知道家人召回他只是想撮合他和表妹石翠芝（吴辰君饰）成婚，但世钧对她没有好感。同时，翠芝也并不喜欢世钧，而喜欢他的表弟许叔惠（黄磊饰）。

　　在上海，不能生育的曼璐为了保全自己的地位，设下圈套让曼桢被祝鸿才强奸，并怀上了他的孩子，葬送了曼桢与世钧的爱情。由于性格的软弱，也因久等不来曼桢的书信，世钧最终娶了他并不喜欢但门当户对的翠芝。曼璐死后，曼桢独自带着孩子。

十几年后，世钧与曼桢再次重逢，大家才知一切都回不去了。两个有缘无分的人就这样错过情缘。

→张爱玲：分合十八春

我要你知道，这世界上有一个人是永远等着你的，不管是在什么时候，不管你是在什么地方，反正你知道，总有这样一个人。

——张爱玲《半生缘》

张爱玲的文字，犀利又华丽，字字珠玑，赤裸裸地反映了世情。她笔下的女人从来都不是完美的，都有着人性的缺陷。因为创作《十八春》时，上海已经解放，迫于当时的政治环境，张爱玲写了一个主旋律的结局。张爱玲移居美国后，将自己之前的小说《十八春》改写为《半生缘》，并且修改了《十八春》的主旋律结局。相比之前的作品，这个时期张爱玲的作品已经趋于平淡，有的是洗尽铅华后的悲凉。

很多时候，我们以为可以相伴一生的缘分，最后只够用上半生。当他们再次相见，她问他是否安好。只是他们再也回不到曾经，唯有无尽的苍凉。所有的爱情在最初都如沈世钧和顾曼桢一样，一眼看到万年，都以为和别人不一样，可以天荒地老。然而，遇到了考验时，最后的结局都一样。

其实，就算没有祝鸿才的无耻侵犯，没有曼璐的自私出卖，偏强的曼桢和软弱的世钧也未必能走到最后。正如曼桢说的那样，如果她与世钧真的结婚生子，那么这一切都不是故事了。

→许鞍华：镜头下的苍凉

许鞍华的作品非常细腻，对情感的把握很是到位。也许是文学出身的缘故，她对剧本要求比较高。她用自身独到的女性视角去观察社会的历史变迁、人与人之间的情感，慢慢将之展现到观众心中。她拍过许多女人，从白流苏、顾曼桢，到萧红、桃姐，这些女人毫不张扬，是一种淡到极致的悲凉，让我们感受到了些许宿命的味道。

许鞍华在50岁这个知天命的年纪拍了部极为透彻的《半生缘》。这是许鞍华继《倾城之恋》13年之后与张爱玲的二度合作。许鞍华的《半生缘》被公认为是改编张爱玲小说电影中最优秀的一部，符合原著，弥漫着怀旧、冷漠、深浅不一的灰色，主演吴倩莲、梅艳芳、黎明和葛优塑造的形象亦称经典。影片风格和小说一样，刁钻、精致、敏锐，人物角色分明，很是深刻。张爱玲喜欢用"苍凉"一词，而许鞍华的镜头似乎将之淡化，已经幻化成一股淡淡的忧伤。

许鞍华很会选演员，梅艳芳的顾曼璐演得太好，将这个角色的自私、自尊、要强、悲凉都表现了出来，她应该是张爱玲笔下最为典型的女性，让人想恨又恨不起来，可怜又可悲，足以反映世情。她有自身的无奈，但这无奈不足以葬送妹妹的幸福。吴倩莲饰演的顾曼桢浑然天成，清淡、坚持，再次与世钧相见时，眼神拿捏到位，淡定到令人心痛，有遗憾也有思念。他们终于忍不住在酒馆紧紧相拥，身边觥筹交错，迎来送往，但他们再也回不去了。再看吴辰君饰演的翠芝，小姐脾气、骄傲、任性，最后还是对叔惠有着一丝眷恋。相比之下，黎明的沈世钧总有那么点儿逊色，总是一副木讷的表情，或许这就是最真实的世钧，无可奈何、少言软弱。这些人物，让人既心疼又心酸，留下的是无尽的苍凉。

许鞍华的作品像她的人一样带着中性的低调，很少有张扬、娇饰的柔情。平淡中见悠远，沉静中饱含深情。我们总能在领奖台上看到她，那腼腆一笑，道不尽的情绪和故事。拍了太多的女人，以及悲情的故事，她似乎也愈久看淡人间情事，至今都孑然一身。

→半生即是一生

翠芝："怎么办，我是不喜欢你的，你也是不喜欢我的，我们现在是不是已经太迟了……"

世钧："你现在才告诉我这些，你让我怎么办？你让我好好想想该怎么办。"

曼桢："我们回不去了，世钧，我们再也回不到从前。"

电影说的不是悲剧，而是真真切切的人生。故事的确真实，因为现实生活中擦肩而过的总是相爱的人，结婚生子的又是另一个人。最终，很多人带着恨意过完此生。世钧、曼桢、翠芝、叔惠这些人阴差阳错，与不相爱的人结了婚，与相爱的人只能隔山遥望。一个人的一生能经得起几个十八春？

所有出现在生命中的人都有其经过的意义，如果不能相守，那么就永远铭记或忘记。的确，最后你不会再记得曾经荡气回肠、惊天动地的承诺和誓言，能记住的只有那些平淡的时光，落了一地灰尘。

在相爱的时候，你会幻想着缘定三生、命中注定。然而，世事无常，美好的爱情故事永远不会降临在现世男女身上。原来，我们的故事只有半生，剩下来的半生是用来怀念的。如果还能相见，你是否会像曼桢那样问他，你好吗？阴差阳错的故事带来的是一生的悔恨。最后，他或许会像世钧那样回答，我不好，我只希望你好。可是，她真的过得好吗？离开了世钧的曼桢真的还有幸福可言吗？

随着年纪的增长，我们会越来越痛恨一些词语，例如"好久不见""别来无恙"……感叹造化弄人的同时，你是否反思过那是自己的过错？怅惘的背后是否是因为曾经的懦弱和无能为力？只记得影片中黎明饰演的沈世钧知道真相后说，我现在才知道，你叫我怎么办呢？曼桢曾经给他写过信，但他竟然一封都没有收到。黎明饰演的沈世钧，有着文弱的书生气，一脸的无奈和软弱。他能怎么办？难道带着曼桢远走高飞？张爱玲可写不出如此不切实际的爱情故事。

影片的结尾，世钧在黑暗的公园里找到了曼桢遗失的红手套，他笑了起来，那时他们还在一起。再看如今的相对无言，我们只能空叹一口气。所有的故事都没有如果，也没有回头路。你以为的一生一世，原来真的只有半生而已。

章九

时光的背后，是我对你的深情厚意

时间真是个好东西，让一切透着隽永的气息。她们在镜头中，可以老去，可以永生，亦可以对抗。

时光背后，是她对他的深情厚意。

《时光尽头的恋人》：
看尽沧桑，依然有爱的能力

人都是要死去的

永生是一种天罚

→影片简介

电影《时光尽头的恋人》（*The Age of Adaline*）于2015年4月24日在美国上映，由李·托兰德·克莱格（Lee Toland Krieger）执导，布莱克·莱弗利（Blake Christina Lively）、米契尔·哈思曼（Michiel Huisman）和哈里森·福特（Harrison Ford）等人联袂出演。

影片讲述了一个年轻女孩阿戴琳·鲍曼（布莱克·莱弗利饰）遭遇一场严重的意外事故后奇迹般地不再变老、容颜永驻，年龄永远定格在27岁的故事。生于20世纪初的阿戴琳独居多年，守着自己"年龄"的秘密，只能看着自己的女儿慢慢老去。拥有永恒的生命听起来很奇妙、令人艳羡，但眼睁睁看着朋友和爱人老去是一件多么痛苦的事情。

不老的阿戴琳因美貌不断地被陌生男性搭讪，但通常只是短暂的交往后，她很快就会和他们分手。她害怕永生，更害怕另一半慢慢变老、死去。为了守住自己的秘密，她开始不断地改名换姓、不断地搬家，独自一个人生活，不再与外界交往。就这样，过了80多年后，一名叫埃利斯·琼斯（米契尔·哈思曼饰）的慈善家走进了她的生活，重新点燃了阿戴琳的生命和爱情，让她坠入爱河。埃利斯慢慢地给了她爱下去的勇气，让她不再惧怕这种不死的"天罚"。

然而，当阿戴琳和埃利斯的父母见面后，她发现埃利斯的父亲竟然是自己曾经深爱过的男人。复杂的心情让她再次想到了逃跑。就在她开车离开的途中，再次发生了车祸。这次车祸让阿戴琳身上的这种魔咒被解除，她又有了衰老的能力。

→ "永生"是一种天罚

我活着，但是没有生命。我永远不会死，但是没有未来。我什么人都不是。我没有历史，也没有面貌。

——波伏娃《人都是要死的》

尽管这部影片被很多人认为落入俗套、剧情狗血，但是不能否认，影片中的"永生"主题值得我们思考。看完影片后，观众应该对"不死"有了新的看法。

谁都想长生不死，但是永生未必是一件好事。在波伏娃的小说《人都是要死的》中，她诠释了一个主题——永生乃是一种天罚。"天罚"一词听起来让人发怵。小说的主人公雷蒙·福斯卡就是一个不死的人。他生于1279年意大利的一个叫卡尔莫那的城邦，和诗人但丁同时代，凭借自己的铁血意志当上了城邦的君主。为了能有更大的作为，雷蒙喝下了长生不老药，并开始实现自己的理想和抱负。他经历过战争与和平，从旧大陆游历到美洲新大陆，从事过军事、政治和科学研究活动，做过皇室贵族、革命党人、平民，甚至曾沦为流浪汉，参与或经历了欧洲所有的重大历史事件：宗教改革、法国大革命、欧洲革命……之后，他在一个树林里沉睡了60年，又被送进疯人院关了30年。到了20世纪40年代，他已经活了600多年，并且还要继续活下去，永远活下去。在经历了一切后，他终于认识到"永生"是一种天罚。最后，他依然是一个彻头彻尾的孤独者，独自在苍凉的没有生气的大地上承受远比死亡大的痛苦与恐惧。

阿戴琳终究还是幸运的，因为她才活了100多岁，且最终恢复了老去的能力。永生不老，自然有更多的时间去学习各种语言：法语、意大利语，甚至盲文。因为不老，她的记忆永远和年轻人一样，学识渊博。为了生存，她有丰富的理财知识，生活富足。她选择了在图书馆工作，度过漫长岁月的方式就是看书和看碟。时间让她慢慢沉淀，优雅、睿智、有风度。这样的生活似乎很酷，让所有人向往。然而，阿戴琳不得不隐姓埋名，谢绝一些公共场合和拍照，每过十年就要换个身份。

一直活着是多么痛苦。阿戴琳必须面对一切：所爱之人终将老去。每一次她都要面对失去，承受一无所有的孤独。人世间再也没有任何事情能让她兴奋，也没有任何事情能让她吃惊。一切都是过眼烟云和尘土、无悲无喜，只有她的美丽是永恒的。

雷蒙和阿戴琳让我想到了现在热播的韩剧《孤独又灿烂的神——

鬼怪》中的鬼怪大叔。他因为受到了神的诅咒，已经活了900多年。他一直在寻找"鬼怪新娘"，以结束自己永生的痛苦。

生命就是一个轮回接一个轮回，生老病死，这是不变的法则。如果真的永生了，那将是多么可怕。当一个人的生活只剩下"求死"，一切美好在他眼中都将变为尘埃。

→爱的能力

当然，影片告诉我们的另一个主题是：女人害怕的不是容颜的老去，最怕的就是，看尽岁月沧桑，失去了爱的能力。如果爱是一种能力，那么失去这种能力的女人将会心如死灰，即使拥有再长的生命也将枯萎和死去。生命的价值在于它的宽度，而非长度。

在一个貌美的100多岁女人面前，那些比她小了一大半的男人都成了小儿科。不过，还好阿戴琳没有失去爱的能力，因为那个叫埃利斯的男人。我们欣喜地发现，阿戴琳还能为了爱情鼓起勇气、奋不顾身。当她告诉女儿身边的这个男人已经知道她的秘密时，女儿激动的心情溢于言表。的确，看着母亲不惧永生，对自己来说也算了结了一个心愿。

弗洛姆说："爱是一种主动的能力，一个突破把人和其他同伴分离之围墙的能力，一种使人和他人相联合的能力，爱是人克服了孤独和分离的感觉，但他允许他成为他自己，允许他保持他的完整性。"生活是一种能力，爱更是一种能力。因为有爱，所以我们才不惧死亡，才有继续前行的动力。

很多时候，在经历了一次又一次的伤害与欺骗后，绝大多数女性就会失去那种信任和爱的能力。她们害怕再遭受相同的痛苦，更害怕曾经的戏码再度上演。经历了一次失败的感情后，她们会惧怕某种东西，甚至觉得全世界的男人都是一样的。这是一种可怕的心理，在还没有开始就已经看到了悲剧的结局，更会让你失去该拥有的幸福。

影片中的阿戴琳是幸运的，更是勇敢的。她经历的已经不是男人的伤害，而是命运的诅咒。命运让她承受永生，而她必须眼睁睁看着所爱之人死去。面对这一切，她需要的是勇气，可以让自己看见未来的勇气。

愿所有的姑娘都有这种勇气——看尽沧桑，依然拥有爱的能力。

《一个陌生女人的来信》：
我曾无望地爱过你

我曾无望地爱过你

和你无关

和谁都无关

你是自由的

我也是自由的

→影片简介

本片改编自奥地利文学家斯蒂芬·茨威格（Stefan Zweig）的同名小说《一个陌生女人的来信》，由徐静蕾自编自导自演。徐静蕾凭借本片获得西班牙圣塞巴斯蒂安电影节最佳导演奖。徐静蕾用女性视角，平静地讲述了一个情感激烈的故事。

1948年的冬天，作家徐先生（姜文饰）在41岁生日的晚上收到一封厚厚的信。这封信出自一个濒临死亡的女人（徐静蕾饰）。她讲述了自己对他将近20年的痴恋，但他竟一无所知。18年前，一个13岁的女孩爱上了住在隔壁的作家。

故事还未发生时，小女孩和母亲生活在一起，生活平静如水。一天，一个叫徐先生的作家成了她的邻居，就此她开始了一段痴恋。徐先生朝气蓬勃、儒雅，有许多书，那是年少的她无法理解的风流神态。正是这样的男人将她深深地吸引住，并且征服了她懵懂的心。她总是趴在窗口傻傻地望着对面的灯光，还借着帮他的管家收被子的机会闯进徐先生的家中。

后来，因母亲改嫁，女孩搬到了山东，但她始终没有忘记隔壁的徐先生。离开北平六年后，女孩考上大学，回来读书，又一次回到原来的住处。她静静地站在远处看他和一个又一个女人调笑，然而路过她时，他竟然没有任何熟悉的感觉。在一天傍晚，他们意外相遇。她抛下了少女应有的矜持，投入他的怀抱里。经过了短暂的幸福时光后，徐先生因事离开，告诉她马上会回来找她，但却从此杳无音讯。女孩在绝望的等待中发现自己怀孕了，由于非常爱他，所以她决定生下这个孩子。

孩子出世后，女孩的生活越来越艰难。女人为了让孩子过上优越的生活，不得不依附有钱的男人，过着高级妓女般的生活。几年后，她与深爱多年的作家在交际场相遇，两人度过了一个欢愉的夜晚，但是徐先生再次忘记了她。几年后，孩子患病死去，这个女人将往事写进信中寄给了他。

→拙劣的遗忘

姜文饰演的作家风流倜傥、才华出众。他多情并喜欢不同的女人，但是从来不会在任何一个女人身上停止脚步。他对徐静蕾扮演的女人说着动听的情话，但带来的从来都是重复和伤害，从来都没有新意。

每一次离开，他都会告诉她，很快会回来找她，但还是轻易且拙劣地离开了她。她怀了他的孩子，远走他乡，在战乱里奔波，唯一不变的就是爱他。每年在徐先生生日这一天，她都会送上一束白玫瑰，希望能够让他记起往昔种种，但那都是幻想。这样的男人从来都不会对任何女人付出真心。

　　然而，女人总是会被这样的男人吸引，但也因此受到伤害。所以无论如何，面对这样的男人还是远远地走开为好，千万不要尝试走进他的生活，否则换回的只有痛苦和眼泪。

　　最后，她麻木地穿上衣服，戴上首饰，看着作家朝自己的包里塞钱。那一刻，是多么的悲凉。她看着门前自己送的那束白玫瑰，想要男人送她一朵。男人毫不迟疑地摘下一朵戴在她的头上，但他并不清楚花的来历。一次次的相见，一次次的遗忘，终于让她彻底死心。当她离开时，门口的管家似乎认出了曾经的小女孩，叫了声："小姐。"是啊，连管家都认识她，可这个男人却能轻易地一次次将她弃之脑后，这真是拙劣的遗忘。

→极致的爱

　　我要你一辈子想到我的时候，心里没有忧愁，我宁可独自承担一切后果，也不愿意变成你的一个累赘。我希望你想起我来，总是怀着爱情，怀着感念。

——《一个陌生女人的来信》

徐静蕾饰演的陌生女人一辈子只爱了一个男人，并且花光了所有的力气。从少女时代到大学毕业，再到交际花，她心里爱的永远都是他。最终，儿子死后，她也结束了生命。从此，人世间再也没有什么值得她留恋。

这就是一场无望的痴恋，甚至让人无法理解：为什么要爱着一个总是将自己忘记的人？大概，这种细腻的心理只有女人才能理解。徐静蕾很细致地将其表现了出来。

一场极致的爱恋，耗尽她一生的力气。年少的她躲在角落里偷偷地看着他的生活，幻想着哪天自己能够走进他的世界。他是她接触的第一个真正意义上的男人，年少时期的梦想总是萦绕在心间，无法忘怀。当她赤裸着躺在他身边时，她说自己仿佛亲近了年少时的梦想。后来，她偷偷生下孩子，并为了抚养孩子成了高级妓女。在社交场合相见时，她也装作不认识，因为即使告知自己是谁，他也未必记得她。

这个女人已经将他融为自己的生命，就算他千错万错，她都选择原谅。或许，每个姑娘都有过这样的经历，在年少时极致地爱过一个人，不求回报，然而最后只有痛苦收场。不过，再次回忆起那段情，才明白原来它已经贯穿了自己的整个年少时代，想恨却恨不起，竟越发觉得宝贵。你骂自己软弱、不争气，可就是忘不掉，这是多么纠结的感情！原著和电影已经将这种爱极致地表现出来了，因此我们多少会看到曾经的自己。

从前，我们以为爱是两个人的事，但随着年岁的增长才发现，爱是可以不说的。我爱着你，又和你有什么关系呢？你甚至根本不需要知道我的存在。或许，我们都爱上了爱情本身罢了。

《如果·爱》：
如果，爱能够失忆

如果这就是爱

再转身就该勇敢留下来

就算受伤

就算流泪

都是生命里温柔灌溉

——张学友《如果·爱》

→影片简介

歌舞片《如果·爱》由陈可辛执导，周迅、金城武、张学友、池珍熙等人主演。本片是第62届威尼斯电影节闭幕影片，运用倒叙、插叙、跳叙等方式，讲述了两个北漂艺术青年的爱情故事，歌舞模仿百老汇的风格。

2005年的上海，当红女演员孙纳（周迅饰）与香港男明星林见东（金城武饰）要合拍一部歌舞片，而林见东正是孙纳的初恋。此片的导演聂文（张学友饰）——孙纳的现任男友也将参演。聂文对他们的事完全不知情，巧合的是，现实中三人的关系和剧情一模一样。

故事追溯到1995年的北京，林见东前往北京去读电影导演系，但是现实很残酷，成绩平平的他理想破灭。就在人生的低谷中，他遇上了孙纳。当时，出身贫苦的孙纳在一个歌舞团当洗烫工，但他志向远大，想要成为一流的歌舞演员。而孙纳为了养活湖南乡下的家人，身兼多职。对于只会伸手向家人索取生活费的林见东来说，孙纳的努力重燃了他的斗志。渐渐地，他们相互鼓励，对未来有了希望。天真的见东一心帮孙纳找出路，介绍她认识一些电影制作人。然而，孙纳竟暗地出卖了他，只留下一张字条，从此消失。

十年后的孙纳和林见东都成了大明星。十年不见，林见东对往事无法忘怀，不停地向孙纳提起曾经，而孙纳的记忆则好像都被抹掉一般。最终，孙纳终于被他感动，答应跟他回趟北京，重温他们十年前的时光。然而，就在孙纳终于打开心扉的时候，他留下一封信离开了。原来，林见东回来的目的不是追回她，而是为了报复。

最终，聂文明白了其中的一切，决定放她走，而孙纳此刻则心如刀绞，她不知道自己爱的到底是谁。最后，他们三个人终于都想明白，各自走向属于自己的未来。

→选择性失忆

每个人的一生就好像一部电影，而他们就是那部电影里的主角。有时候他们会以为自己也是别人电影里的主角，但是可能他们只是一个配角，只有一个镜头，更说不定他们的片段早就被人剪掉了，自己居然还不知道。

——《如果·爱》

在影片中，孙纳化着浓浓的眼妆，眼神复杂。她是一个让人既爱又恨的女人。她有理想和抱负，不甘于眼前的生活。她甚至会厚着脸皮去做让林见东无法理解的事情。但是，一个人只有真的走投无路，才会活到尘埃里的吧。我们看着她没心没肺地吃下林见东剩下的半碗面，晚上睡觉时的磨牙声让人心疼。然而，当我们看着她欢天喜地地朝那个外国导演奔去，但只看见他离开的背影时，一种悲戚从心而来。后来，她决绝地抛弃了林见东。

相比于林见东来说，孙纳的人生是没有退路的。她只能咬着牙硬着头皮去追求自己想要的东西。尽管最后他们两个人都成了大明星，但在那个时候，林见东是不足以给孙纳带去她想要的东西的。孙纳的野心太大，大到已经看不到渺小的林见东。

最终能登上宝座的人，都不是简单的。他们不但要有野心，当然还要有一颗冷酷的心。孙纳就是那样的人。最后，她可以将过去落魄的日子全部遗忘。这没什么对与错，一切都是自己的选择。对孙纳来说，这个世界是如此残酷，如果自己不强大，那么就要被别人踩在脚下。然而，对于林见东来说，孙纳就是一个爱慕虚荣、不择手段的女人，他咬牙切齿地想要去报复她，一遍遍地让她回想起往昔的日子。

也许你我都在想，如果他们两个人不曾分开，还能成为现在的彼此吗？十年前相遇时，两个人都是落魄的普通人；十年后再次相见，他们各自都成了大明星。的确，命运就是这么捉弄人。最后，孙纳选择忘掉林见东，也是在选择将那个不堪的自己忘掉。然而，当你越是想忘记的时候，越是会有人会提醒你记起。

→外面的世界

外面的世界很精彩，外面的世界很无奈。

——莫文蔚《外面的世界》

影片中，孙纳唱着："外面的世界很精彩，外面的世界很无奈。"的确，外面的世界会让我们经历更多，看到更多，但也会让我们迷失。在这个物欲横流、人心浮躁的年代，爱情早已不再纯粹，也不如我们想象中那么美好。大家都习惯了逢场作戏，哪有什么相伴到老？

孙纳就是那个向往外面世界的女孩，而聂文恰好就是那个可以给她外面世界的人。孙纳与聂文是同一类人，互相合作、互相索取利益，也互相成就了彼此。聂文和孙纳之间，或许从来没有出现过爱情，一切都是利益所驱。孙纳要他捧红自己，而事业走下坡路的聂文也需要靠她的名气来提升自己的名气。也许你会怀疑：有着这么不纯粹的动机，他们到底是真心相爱吗？

相比之下，林见东给不了孙纳外面的世界，只能带着孙纳一起吃苦。或许我们会期待着他们一起打拼出来的那一天。不过，如果他们真的在一起十年，也不会成为现在的彼此。相濡以沫，不如相忘于江湖。最后奔赴各自的天涯，应该才是最好的选择。后来林见东再次出现了，甚至对孙纳采取了报复的手段，那个时候，我们会问，他曾经真的爱过她吗？

到最后，或许他们三个人都不知道自己是否爱过。不过，影片的最后，他们顿时像被什么打醒了。最后一场戏，片中的孙纳要开枪将聂文饰演的男友杀死，准备和见东饰演的情人远走高飞，但孙纳竟不忍心开枪。一叫停机，她更控制不了自己，竟然大哭起来。这个时候，我们才发现，孙纳的内心有多么复杂。两个人，一个是曾经的患难与共，一个是现在的彼此成就。

影片拍毕，聂文已决定，他要重新爱自己，爱身边的人，爱他拍的故事。林见东临别时告诉孙纳，不要忘了北京，因为那里有他们的回忆，那是他们一生最珍贵的唯一。最后，也许孙纳才明白自己也曾爱过。

这样的三角恋故事一直都在生活中上演。一个有梦想的女人，离开了故乡，离开了只能带给自己苦日子的男友。她去了大都市，到那里追逐梦想，碰巧又遇上了那个能给自己一切的男人。这个时候，她到底该如何选择？

其实，人生就是一次又一次的选择。无论你走到哪一步，都会有不同的人出现。无论是林见东还是聂文，都是孙纳的必经之路。两个男人都曾爱过她，也给过她对生活的美好向往。只是经历的不同，她会忘记很多，也会记住很多。或许，在外面的世界走了一遭后，她会真正明白自己到底想要什么。

外面的世界很精彩，外面的世界很无奈。无论是精彩还是无奈，都是人生该经历的一切。

《晚春》：
不愿让你一人，承受流年惨淡

我们相依在世那么久

怎能让你一个人

承受这惨淡的流年？

→影片简介

  电影《晚春》是由小津安二郎执导的一部典型的小津式家庭伦理剧。居住在镰仓的东京大学56岁的教授曾宫周吉（笠智众饰）早年丧偶，与女儿纪子（原节子饰）相依为命。纪子从小肩负起家庭的重担，对父亲百般体贴，悉心照顾父亲的生活起居。转眼间，纪子已27岁，依旧待字闺中。纪子的姑姑田口真纱（杉村春子饰）和朋友北川绫（月丘梦路饰）都非常关心她的婚事。姑姑向周吉建议他的助手服部昌一是个不错的人选，可以问问纪子的想法。然而，服部早已订婚，很快就要结婚，这让大家都有些怅然若失。

  又过了不久，姑姑又为纪子介绍了一位理想的人选，姓佐竹，34岁，是东京大学理科毕业生，在日本化成公司工作，名声很好，一表人才。然而，纪子因对父亲的依恋不愿谈婚论嫁。她害怕自己出嫁后，年迈的父亲没人照顾。于是，周吉告诉女儿自己将再婚，这才让女儿有所动摇。

没多久，姑姑为周吉介绍了一名独身女子三轮秋子（三宅邦子饰）。周吉欣然同意了，而纪子显得很是失落。此时，纪子才明白，自己应该结婚了。父女二人从京都旅游回来后不久，纪子就出嫁了。然而，父亲欺骗了纪子，编了一个续弦的谎话。父亲只是为了能让纪子去寻找属于她的幸福才说了违心的话。在那晚春的夜晚，只留下父亲一个人孤独地面对余生。

→小津安二郎的隽永

侯孝贤在谈小津安二郎的时候说："最喜欢的是《晚春》，小津四十六岁时拍的，透彻极了，厉害。"小津的作品格调一贯隽永悠长，让人回味无穷。他通过对平凡生活的描写，细腻地展现了人与人之间的关系，尤其是父母和儿女之间的关系。本片以父女关系和感情为主线，充满了浓郁的人情味。

《晚春》中的父亲总是面带微笑去应和，非常慈祥。小津洞悉东方人的欲望、压抑和宣泄，但并非用责备的方式表达。他喜欢将叙事省略，故事似乎平淡至极，但着实显露出东方人特有的内敛深沉。所谓大象无形，他永远不会过分表现自己的感情。他像一位睿智深沉的慈父，一心一意为儿女的幸福着想，最后将孤独留给自己。

→父爱深沉

早知如此，应当带你到各地去游览游览，这是你跟爸爸最后一次外出。往后让佐竹君带你去逛逛，让他多疼疼你吧！

——曾宫周吉

影片中的纪子在父亲身边愉快地生活着，但旁观者们都非常着急。作为一名成年女性，同学们结婚的结婚，生子的生子，好友竟然都离婚了，而她还是这样静静地陪伴着父亲。在她眼中，陪伴丧妻的父亲应该是她生命中最重要的事情。她将自己的命运和父亲捆绑在了一起。这是一种相依为命、互相支撑的感情。当父亲为了让她同意相亲谎称自己有续弦之意时，平素一向善解人意的纪子的反应尤为激烈。

其实，父亲又怎么忍心女儿出嫁呢？当周吉的朋友小野寺问他是否真的舍得让纪子出嫁时，他感慨万千，认为还是生男孩子好。生了女孩子，好不容易养大，但是又要嫁出去。没嫁的时候担心嫁不出去，一旦要出嫁了，又觉得不是滋味。周吉道出了天下所有生了女儿的父亲的心里话，让人心里五味杂陈。

他们从京都回来后，周吉遗憾之前没有陪女儿多多去旅游。纪子听后又变了主意，她说："我愿意就这样同爸爸在一起。爸爸娶个太太也没关系，我还是想留在爸爸身边，因为我喜欢爸爸。我不认为出嫁后会更幸福。"周吉再次劝她，说自己已经56岁，人生已快结束，可她的人生才刚刚开始，新生活要由他们自己来创造。结婚本身不是幸福，夫妇创造一个新的人生，这过程中才会有幸福！这里我们可以看出周吉的不舍，但为了女儿的幸福不得不忍受这样的悲伤。

小津的电影总是能够释放悲伤、体谅人情、抚慰创痛。在父亲和姑姑的张罗中，纪子终于出嫁了。送走女儿之后，教授与凌子一起喝酒聊天。教授告诉凌子，自己并不打算再婚，之所以撒谎，只是为了让纪子安心地出嫁。凌子称赞"这是一个美丽的谎言"。是呀，这么美好的谎言，让人深刻体会到父爱的伟大。

→爱，无言

若我会见到你，事隔经年。我该如何致意，以眼泪，以沉默。

——拜伦《春逝》

在影片中，无论是父女之情，还是男女之间的爱情，都喜欢点到为止。当教授为纪子考虑终身大事时，首先想到的是自己的学生服部昌一。服部作为教授的助手，经常出入曾宫家。纪子与他相识多年，感情相当融洽。当父亲问她服部如何时，纪子竟然笑着将服部订婚的事情告诉父亲。然而，在这背后是纪子的无限怅惘。

当服部表示想跟纪子一起去看小提琴演奏会时，她佯装不解婉拒了。纪子身上拥有东方女性的传统和固守。我们当然可以相信，纪子所说的不愿出嫁的理由——要照顾年迈鳏居的父亲——是真实的。但不得不说，这不是唯一的原因，甚至不是最重要的原因。纪子的内心深处，仍然不能忘记服部。与其他男人一起生活，让她没有幸福感。

在婚礼当天，服部也去教授家祝贺，但小津安二郎没有让他和纪子相见。服部和教授坐在楼下抽烟，聊着有的没的。楼上的纪子正梳妆，准备离开。这就是小津的伟大之处，将所有的情感压抑在心中，极为低调。经年过后，如果你我再次相见，是否只有沉默不语？

显然，小津镜头下的爱是克制的，不会大哭大闹，也不会大悲大伤。他懂得最高明的表现，就是无言。说实话，爱到至深的情感只有沉默。面对失去的爱，太过嘈杂和喧嚣的人，只能说明彼此都还未成熟。只有成熟后的人，才知道爱的隐忍和克制。纪子和服部之间正是如此。

章十

断墙颓垣，想起的是
地老天荒

死生契阔，与子成说；执子之手，与子偕老。断壁残垣，生离死别，我与你站在废墟之中，天空中飘来一股莫名的哀愁，是静默的苍凉。

此刻，我只想和你地老天荒。

《苏菲的选择》：
选择与救赎

由于我无法驻足把死神等候——
他便好心停车把我接上——
车上载的只有我们俩——
还有永生与我们同住。

——狄金森

→影片简介

　　小说《苏菲的抉择》（*Sophie's Choice*）由美国作家威廉·斯泰伦（William Styron）所著，并由导演艾伦·J.帕库拉（Alan Jay Pakula）编为同名电影，饰演苏菲的梅丽尔·斯特里普（Meryl Streep）凭此片获得第55届奥斯卡最佳女主角。

　　女主人公苏菲既是纳粹的帮凶，同样也是纳粹的受害者。"二战"中，她被选中在集中营当司令官秘书。在集中营，德国人答应放出一个孩子，条件是交出一个，最后她选择将女儿送进毒气室。她为了救儿子，不惜出卖色相诱惑司令官，但还是没能成功救出孩子。

　　战后，失去所有亲人的苏菲得以幸存，她被罪恶与绝望撕扯着灵魂，而她的经历使她并不能像普通受害者一样得以救赎。她在美国与患有精神病的犹太人纳森（凯文·克莱恩饰）相爱。纳森在不明真相的情况下大量搜集纳粹迫害犹太人的证据，而这一举动让苏菲饱受精神折磨。作家斯丁格对苏菲的爱慕，让纳森嫉妒万分。苏菲与纳森疯狂地爱着，也疯狂地折磨着彼此。最终，苏菲选择和纳森在一起，双双自杀走向死亡。

→狄金森诗歌

在电影《苏菲的抉择》中，出现了美国著名女作家狄金森的第712首和第829首诗。在狄金森的1700余首诗中，有三分之一左右是写死亡的，可见她对死亡主题的审美偏爱。

狄金森诗歌中关于灵魂自由、信仰、死亡、自然等主题，对美国文化有着深刻的影响。很多电影、电视、音乐、广告都愿意将狄金森及其诗歌作为艺术灵感之源泉，可见她本身的文化内涵与美国人的精神状态是相通的。《苏菲的抉择》是一部关于女性、死亡、灵魂、救赎的小说，而引入狄金森关于死亡的诗歌正和这部小说及其改编电影有其内容上的呼应。

在电影中，狄金森的两首诗出现了三次，主题都关于死亡。

电影中第一次出现狄金森的诗歌，是在苏菲的英文老师朗诵第712首时，那时她被深深地吸引，也因此她喜欢上了这位女诗人。诗句是：

> 由于我无法驻足把死神等候——
>
> 他便好心停车把我接上——
>
> 车上载的只有我们俩——
>
> 还有永生与我们同住。

狄金森的这首诗体现了电影主题，苏菲一直在选择生存还是死亡之间徘徊。当苏菲第一次听第712首诗时就喜欢上了它，说明了她对于死亡有着一种情结。她忍受着人世的折磨，在纳粹集中营苟且偷生，然而家人都被迫害惨死。苏菲对于它的喜欢，说明了她对过去的无法忘怀以及忏悔，而这首诗也像是一首悼念无辜死难者的安魂曲。在情节上，这首诗为苏菲去图书馆找狄金森的诗集而遇到纳森做了铺垫。

当纳森在图书馆将因营养不良而昏倒的苏菲带回家时，苏菲在纳森的床头发现了狄金森的诗集，那时她是如此地兴奋。纳森和苏菲并排坐在床上，他为她朗诵了第829首，这是电影中第二次出现狄金森的诗歌：

> 把这张床做宽敞——
>
> 使这张床令人敬畏——
>
> 在上面等候大审判发布——
>
> 公正而又完美
>
>
> 让床垫直——
>
> 让枕头圆——
>
> 别让日出黄色的喧嚣
>
> 干扰这块地面——

这段坐在床上读诗的情节，并没有在原小说中出现，而增加的这处情节目的在于更好地服务于电影叙事。它为纳森和苏菲的爱情埋下了伏笔，让两人之后在一起时不显得突兀。

这首诗歌是电影的情节线索，同样也出现在影片结尾，即诗歌在电影中的第三次出现。"床"这个意象代表着苏菲和纳森的爱与纠缠，最终也是他们走向"坟墓"的象征。最终，上帝还是宣布了审判，"公正而又完美"，苏菲陪伴自杀身亡的纳森死去。在最后出现的这首诗，像是苏菲和纳森两人的悼词，安抚着这两个受伤的灵魂，也安抚着人世间的一切苦痛。

电影中，狄金森的诗歌从苏菲和纳森相识、相知、相爱，直到死亡，都牵引着整个故事的内容。

→狄金森的文化内涵

在电影中，"狄金森"并非仅仅指作家，而是历史的、社会的各种因素的集合体。她的诗歌不再是一段台词或是辅助工具，而是让故事充满生命力、充满意蕴、诗意的文化符码。狄金森及其诗歌作为能指符号，在影片《苏菲的抉择》中暗含了更多超越性的内涵：

其一，展现灵魂的符码。狄金森写了不少诗歌来探讨人的心灵，她认为人应该追求一种在灵魂和精神上的自由，人的心灵不应该被生活中的任何痛苦和困境所压制。在《苏菲的抉择》中，苏菲对于狄金森诗歌的喜爱，正反映了她灵魂深处的挣扎、纠结与痛苦，而这正体现了狄金森作为心灵符码的功能。

其二，安抚苦痛的符码。死亡主题处于狄金森诗歌世界的中心位置。狄金森写死亡，并非代表她对死亡的渴望，而是通过死亡反衬对生的追求。她写的死亡并不感伤，没有恐惧与绝望，而是充满了期望与达观，因为狄金森无法拒绝历史、文化和传统的影响，无法无视人是有限的存在，必须寻求抚慰灵魂的精神救赎。狄金森对于宗教保持着双重态度，质疑却难以弃绝，关注人生困境传递终极关怀。在今天，当人们遭受苦痛、挫折而彷徨时，依旧会用她的诗歌抚慰自己的灵魂。在电影中，第829首正是对亡灵的告慰。狄金森的诗歌是对在奥斯维辛集中营中遇难者的悼词，是对他们惨死的隐性反抗。诗歌中表现着灵魂的自由、生命的律动与苦痛的慰藉。

→撕扯灵魂的选择

我们可以发现，苏菲每次面临的选择都关系着生死，都体现着个体生命的渺小和脆弱。作为母亲，她不得不选择一个孩子生，一个孩子死。作为纳粹受害者，她成了纳粹的帮凶。最后，在斯丁格和纳森之间，她选择了纳森，并一起走向死亡。

苏菲的死，源于她在战争中的"选择"，使得她的生命从此充满罪恶感，虽然活着却永远没有幸福。选择纳森，也只有和纳森在一起，这异于常人的癫狂生命才会舒缓她内心沉重的道德谴责和压力。

只有在死亡中，她才能获得永恒的宁静。

对于一个女性来说，命运对她着实太过残忍。战争、死亡、救赎、爱情……战争让她失去了所有亲人，并且还让她承受选择所带来的折磨。在生活中，我们会遇到或大或小的选择，甚至这个选择还会影响着我们的一生。其实，有些选择就是残酷的，无论怎样选，我们都是弱者。苏菲的经历告诉女性观众个体生命的无奈，选择的无情。命运是残酷无情的，靠个人的力量是无法抵御其残酷和摧毁力的。

电影的结局是悲剧的，苏菲走向了死亡，但我们还是要坚强地走下去，毕竟生还是一件可喜之事。

《万物理论》：
我爱过你，尽力了

爱，必然是一个彼此成就的过程

如果某一方一直在消耗另一方

那么，能量将无法守恒

中间一定会有所亏欠

亏欠即意味着疏离和断裂

我曾经爱过你，用尽我的全力

→影片简介

电影《万物理论》（*The Theory of Everything*）由詹姆斯·马什（James Marsh）执导，根据斯蒂芬·威廉·霍金（Stephen William Hawking）的第一任夫人简·王尔德（Jane Wilde）的回忆录《飞向无限：和霍金在一起的日子》（*Travelling to Infinity：My Life with Stephen*）改编，由埃迪·雷德梅恩（Eddie Redmayne）饰演霍金，菲丽希缇·琼斯（Felicity Jones）饰演简。制片方花费了三年时间才说服简同意将回忆录改编成电影。电影在2014年秋天的多伦多电影节上举行世界首映，当时霍金本人在台下观后，秘书从他的脸颊上擦去了一行泪。

电影的名字叫《万物理论》，但这已经不是关于科学层面的理论，而是关于世间万物、人与事的种种。电影的开场，是霍金和妻子到白金汉宫接受英女王爵士勋章的情景。时间给观众打开了一扇通往过去的大门，像是一场穿越，带我们回到了过去。

故事集中在霍金剑桥求学阶段，主要讲了霍金与同学简之间的爱情。霍金和简相识于一场舞会上，两人初次见面便一见倾心，颇有相见恨晚之意。后来，霍金邀请简参加舞会，二人陷入了热恋之中。不幸的是，一次昏迷后霍金被确诊患上罕见的肌萎缩侧索硬化症，医生坦言他的生命只剩两年。被病魔折磨的霍金陷入了痛苦之中，但简并没有离开他，依旧决定嫁给他。在1965年，他们步入了婚姻的殿堂，随后简为霍金生下三个孩子。与此同时，霍金在学术研究上取得了一个又一个成就。为了照顾霍金，简心甘情愿成为他"背后的女人"。但是，两人的婚姻也开始出现了一道道裂痕，并最终于1991年离婚。

《万物理论》似乎成了一部回望过去时光的论著，观众在其中穿行。我们看到霍金和简最初的美好，也看到了这一过程里爱在慢慢消失。

→ "小雀斑"

电影中，在我们为霍金和简的爱情故事所感动时，我们更惊叹于饰演霍金的埃迪·雷德梅恩的精彩表演。他凭借这一角色获得了奥斯卡最佳男主角，在颁奖礼上他说："我知道我有多幸运，我无法找到准确的词语描述我的感受。把这个奖献给所有与肌萎缩侧索硬化症病魔斗争的人们，献给霍金一家。"

他被观众亲昵地称为"小雀斑"，深受大家的喜爱。这个首位80后奥斯卡奖男主角获得者，能获奖并非偶然。在这一角色里，他已经不是一名演员，而是真的成了角色。为了完美地诠释霍金这一角色，他发扬了剑桥的学霸精神，翻阅了大量的霍金著作，每天数小时保持着身体缩拢的坐姿，模仿霍金的一举一动，而因此患上了颈椎移位。翻阅了大量的资料后，他把每个时期霍金的心理、学识，以及病症状态，都记录在自己的iPad里。

他的每一个角色都非常经典，从《万物理论》《我与梦露的一周》《悲惨世界》，到《丹麦女孩》《神奇动物在哪里》，都让我们看到了不一样的"小雀斑"。

→我爱过你，尽力了

在电影中，我们听到了简对霍金深情地说了那句话："我曾经爱过你，用尽我的全力。"的确，就算最后她不再爱他，也不代表她恨他。她陪他度过了最艰难的日子，然后慢慢离开他的世界。

年轻时候的简非常爱霍金。当听说他只能活两三年的时候，她决定把自己奉献给他。但是，霍金身上出现了奇迹，他活了很多个两三年。在后来的日子里，简为霍金生了三个孩子，这也给她带来了巨大的生活压力，那不是一般女性可以承受的。在带孩子之余，她还要完成自己的博士论文。他们一起对抗疾病和时间，但爱情也在这样的对抗中慢慢被消耗。尽管霍金的每次成功都为家庭带来生机，但这个家庭也因为霍金的疾病逐渐溃败。

霍金和简邀请朋友们到家里用餐，庆祝霍金博士毕业，但我们看到了霍金切牛排时的无力。这时，霍金内心的悲哀也汹涌而来。他失落地想要回到房间，但是在他艰难地爬上房间的时候，他看到了小儿子的轻松自由。这种压抑和悲伤像一颗定时炸弹，一直都隐藏在这个非正常的家庭中。就算简在极力改变这样的阴郁氛围，但一切都是徒劳。

身心俱疲的简在教堂里遇到了乔纳森——那个让她在生活中看到希望的男人。不管简有多么伟大，她终究是个女人，需要被男人呵护、疼爱。在乔纳森走进霍金家的时候，霍金就流露出鼓励她追求自己幸福的意思。简已经为霍金付出了太多，也牺牲了太多，她应该得到自己失去的，过上正常女人的生活。

最后，霍金选择了和简离婚，跟女护理在一起，这像是一场成全，也是在结束一场痛苦的感情。轮椅上的霍金最终用一种含蓄的方式向陪伴他度过艰难岁月的妻子提出了离婚。一刹那间，像是卸除了一个重担，所有的痛苦都得到了理解。我们能够想象，简的这些年经历了怎样的挣扎，承受了多大的负重。

离婚后的霍金和简依旧是朋友。在女王给霍金颁发勋章之前，简蹲下来拿起霍金的眼镜擦了擦。这一刻，我们看到，她依旧是那个最爱护他的女人。他们之间有无法被替代的默契，关于时间，关于概率，关于有神论与无神论的共通点，简对霍金每一次发表的内容都了如指掌，她可以骄傲地向所有人解释他的最新研究。

→爱的消耗

简非常爱霍金，他是她生命中无法被替代的人，改变了她的人生，但是，最终他们再也无法生活在一起。再多的爱，都会被生活的巨大压力所消耗。霍金就是一个消耗简生命的人，而简一直在努力维持。但是，最终她还是撑不下去了。

爱情到底是什么？这是千百年来人们都在思考的问题，即使再伟大的科学家都无法逃过爱的变质。爱，必然是一个彼此成就的过程。如果某一方一直在消耗着另一方，那么能量将无法守恒，中间一定会有所亏欠。亏欠即意味着疏离和断裂。

女性在爱情面前总是会丧失理智，认为只要付出了就一定会有回报。但是，时间会让你看清很多事情。尤其是那种不平等的爱，最后她们发现只是感动了自己。

彼此间的成就是什么？就是两个人在彼此身上找到了一起走下去的动力，认为生活少了对方就无法继续。你们会为了对方变成更好的人，而不是日渐堕落。他不是在消耗你的精力和生命，而是补给你能量，让你充满了斗志，让你拥有对抗生活和时间的勇气。这就是彼此成就的爱。

如果他一直在消耗你的精力，或是你一直在索取他的精力，那么这都不可取。在爱情的初期，你们会为爱奋不顾身，为爱疯狂，但是过了那个阶段，尝尽了生活的不易后就会发现这种爱的空乏。

《泰坦尼克号》：
爱，不朽

以你之姓，冠我之名。

为你而活，至于终老。

→影片简介

浪漫爱情电影《泰坦尼克号》（*Titanic*）由詹姆斯·卡梅隆（James Cameron）创作、编辑、制作、导演及监制，莱昂纳多·迪卡普里奥（Leonardo DiCaprio）、凯特·温斯莱特（Kate Winslet）等人主演。该片全球票房超过18亿美元，是1997年至2010年间票房最高的电影，并获得第70届奥斯卡金像奖最佳影片、最佳导演奖等11项奖。

1912年4月15日，载着1316号乘客和891名船员的豪华巨轮"泰坦尼克号"与冰山相撞而沉没，这场海难被认为是20世纪人间十大灾难之一。

1985年，"泰坦尼克号"的沉船遗骸在北大西洋两英里半的海底被发现。美国探险家洛维特（比尔·帕克斯顿饰）亲自潜入海底，在船舱的墙壁上发现了一幅画。这幅画的发现引起了一位老妇人露丝·道森·卡维特（格劳瑞亚·斯图尔特饰）的注意。已经是101岁高龄的露丝称她就是画中的少女。在潜水舱里，她开始讲述当年发生在船上的故事。

1912年4月10日，号称"世界工业史上的奇迹"的豪华客轮"泰坦尼克号"开始了自己的首航，从英国的南安普顿出发驶往美国纽约。富家少女露丝（凯特·温丝莱特饰）与母亲、未婚夫卡尔·霍克利（比利·赞恩饰）坐上了头等舱。此刻，放荡不羁的少年画家杰克·道森（莱昂纳多·迪卡普里奥饰）在码头的一场赌博中赢得了下等舱的船票。一段跨越阶层的爱情故事就此开始。

露丝十分厌倦上流社会的虚伪，不愿嫁给卡尔，竟然打算投海自尽，恰巧被杰克救起。杰克带着露丝去参加下等舱的舞会，为她画像，二人很快就相爱了。然而，就在 1912年4月14日的这天，一个风平浪静的夜晚，"泰坦尼克号"撞上了冰山，这个号称"永不沉没"的"泰坦尼克号"于4月15日凌晨2时20分，船体断裂成两截后沉入大西洋，船上1500多人丧生。露丝和杰克最终不得不生死相隔。

老态龙钟的露丝讲完这段哀婉的爱情故事后，把那串价值连城的项链"海洋之心"沉入了海底。

→物件解码

海洋之心。那幅画中，戴着"海洋之心"的露丝成了"泰坦尼克号"永恒的见证者。我们很不理解，为什么她本来一直戴着卡尔的这颗价值连城的"海洋之心"，最后却将之沉入海底。很多人以为她将之沉入海底是怀念杰克和自己的爱情，其实不然。在未删减的227

分钟版本告诉了我们答案。因为当时初到美国，她那么富有却又那么贫穷。她也曾有过私心，曾经想将之卖掉，但最后还是挺过来了。多年来，老年露丝没有卖掉它是在向卡尔证明，没有他与财富，她也一样活下来了，而且很开心地活了一辈子。如今，在她看来，生命才是最珍贵的。这颗"海洋之心"应该和"泰坦尼克号"一起沉入大西洋的海底，与之沉没的还有那个被礼教束缚的露丝。在101岁的时候，露丝终于有机会重返大西洋，让它永远沉入海底，回到它该去的地方。

→为你而活：以你之姓，冠我之名

　　赢得船票是我一生最幸运的事，让我可认识你，认识你真荣幸，万分荣幸。你一定要帮我，答应我活下去，答应我，你不会放弃。无论发生什么事，无论环境怎样，露丝，答应我，千万别忘了。

——杰克

　　在那个晚上，杰克告诉露丝一定要好好活下去，以后要生很多的孩子，安享晚年，而不是死在当晚。当露丝到达美国后，船上的工作人员问她姓名时，她坚定地答道："道森，露丝·道森。"此刻，我们终于发现原来用所爱之人的姓来冠己之名，是多么美好的一件事。从此以后，她用"露丝·道森"开始了新的生活。

　　时光穿梭，在影片的结尾，镜头又探入海底。那个号称"永不沉没"的"泰坦尼克号"，永远地在海底沉默。席琳·迪翁（Celine Dion）演唱的《我心永恒》（*My Heart Will Go On*）又在耳畔响起，这首蝉联全美告示牌排行榜冠军宝座长达16周的曲子赚取多少了痴男怨女的眼泪。穿越久远的时空，他已离她远去半个多世纪，但他们的爱情已永远定格在1912年的那个晚上。他的音容犹在昨日，而她的内心依旧牵挂。以你之姓，冠我之名。终有一日，他和她会再次相见。

→末世的苍凉

　　这堵墙，不知道为什么使我想起天荒地老那一类的话……有一天，我们的文明整个的毁掉了，什么都完了——烧完了、炸完了、坍完了，也许只剩下这堵墙……流苏，如果我们那时候在这堵墙根下遇见了……流苏，也许你会对我有一点真心，也许我会对你有一点真心。

——张爱玲《倾城之恋》

　　年老的露丝光着脚，爬到了船的护栏上，就像当年她爬到了"泰坦尼克号"的船头护栏上。她把那颗象征着虚伪与财富的"海洋之心"扔进了海底，也将那些探险家的野心扔进了海底。她清楚地知道，只有活着才是最宝贵的。

　　末日的哀愁总能给我们留下些许伟大的爱情佳话。或许只有在灾难面前，人类才会越发感知那些细碎的美好。当所有的美好和文明都被毁灭，或许我们会对身边人多少有那么点儿真心。不禁想到了张爱玲的《倾城之恋》，白流苏和范柳原站在那堵灰白色的墙下，范柳原说的那段话。一切都被摧毁后，墙下站着末世之人，在他们看来一切都是身外之物，什么功名利禄、荣华富贵，尽显渺小。很多时候，太多浮华琐事都遮蔽了世人的双眼。一切盘根错节萦绕心间，你还能清晰地分辨出什么是真什么是假？有多少真情和假意在末世的关照下显得无比深刻？

《泰坦尼克号》已经上映了19年，影片中的场景依旧惊艳、震撼人心，是后人无法超越的。影片并非渲染末世情怀，而是告诉我们活着的宝贵意义。在灾难过后，人类才会去思考生命的意义，忏悔以往的罪过。但你永远不知道上帝会在哪一刻将你毁灭。如果能预知未来，那些狂妄自大、嚣张跋扈还剩下多少？那个号称"永不沉没"的"泰坦尼克号"，如果看到启航后的结局，是否会有所收敛？灾难就是让人类慢慢走向谦卑的过程。生命应该有所敬畏，有所畏惧，你不是无所不能。终究，我们才明白生命的渺小、自身的弱小。

《生死朗读》：
隐秘的羞耻心

人因为羞耻而保守一个秘密，
这就是人性的脆弱之处。

→影片简介

电影《生死朗读》（*The Reader*）改编自哈德·施林克所创作的小说《朗读者》，由史蒂芬·戴德利（Stephen Daldry）执导，凯特·温丝莱特（Kate Winslet）、大卫·克劳斯（David Kross）、拉尔夫·费因斯（Ralph Fiennes）等人主演。凯特·温丝莱特凭本片获得了第81届奥斯卡金像奖最佳女主角奖。

15岁的少年米夏·伯格（大卫·克劳斯饰）遇见了36岁的神秘女列车售票员汉娜（凯特·温丝莱特饰）。在荷尔蒙的作用下，他们迅速发展成秘密情人。汉娜最喜欢赤身裸体躺在米夏的怀里听他读书，并沉浸其中无法自拔。处于懵懂时期的米夏也沉溺于这种关系中无法自拔。然而，米夏发现自己对汉娜连了解都算不上，她对他来说就是一个谜。

忽然有一天，汉娜的不告而别让米夏十分痛苦，也没有人能给他一个解释。在短暂的困惑和悲伤之后，米夏开始了新的生活。对他而言，初恋就这样停止了，一切忽然间全都烟消云散。经历了短暂的迷惑与悲伤后，他也只能继续自己的生活。

"二战"虽然结束了，但德国对于纳粹战犯的审判还在继续。作为法律学院的实习生，米夏出席了20世纪60年代后期德国对纳粹战犯的审判。然而，他在法庭的被告席中竟然发现一个熟悉的身影，虽然已经事隔8年，但米夏还是一眼认出了她就是消失8年的汉娜，也因此发现了一个不为人知的秘密——汉娜是一个彻底的文盲。他才了解到这个神秘女人的往事：在1944—1945年，汉娜在纳粹集中营做看守，并让犯人为她朗读。后来，她由于"忠于职守"不愿打开大门，致使300人被困于失火的教堂而死去。后来，一位火灾幸存者在一本书中提到了这个细节，汉娜因此受到审判。

然而，汉娜完全意识不到自己曾参与的工作是滔天罪行，并因耻于承认自己是文盲这一事实，最后承担了本不该由她承担的全部罪责，被判处终身监禁。从此米夏陷入了灵魂的纠结之中。一方面他忘不了汉娜，另一方面他因汉娜的罪行羞于承认那段感情。

到了20世纪80年代，汉娜一直依靠着米夏寄来的朗读磁带学习阅读和写字，但是米夏不愿意见他。最后，痛苦的汉娜在获释前选择了自杀，并要求把自己的一点遗产交予集中营的幸存者处置。

→罪与罚

什么样的悲剧能够引起人的震撼和恐惧？亚里士多德做过这样

的阐述：不是一个好人由福转祸，因为那不会引起哀怜与恐惧，只会让众人反感。也不是让一个坏人由祸转福，这并不符合悲剧的性质，无法满足我们的道德感，更不可能引起我们的哀怜。当然，也不是一个坏人由福转祸，因为就算能满足我们的道德感，但不应为遭殃而遭殃。这三种情节既不是可哀怜的，也不是可恐惧的。真正能够引起恐惧的悲剧，应该是和我们的遭遇相似的人，在道德品质和正义上并不是好到极点，但是他的遭殃并不是由于罪恶，而是由于某种过失或弱点。

这是一个关于纳粹的罪与罚的故事。然而，汉娜这个人物没有引起我们极大的痛恨，反而心生哀怜。为什么？因为她就是一个普通人，并且是战后二十年一直认为自己是无罪的普通人。汉娜对政治不感兴趣，也没有反犹倾向，但她一直认为在集中营犯下的罪是"尽忠职守"。对于这样被当作纳粹机器的人，到底是无辜者，还是犯罪者？这不禁让我们深思。

→羞耻心

一个宁愿服刑也不愿承认自己是文盲的纳粹女看守，一个背负战争羞耻感的德国青年，两个人上演了一场爱情悲剧。最终，汉娜因为自身的羞耻感付出了代价，而米夏也为此失去了初恋。人因为羞耻去保守一个秘密，是为了给自己留一份尊严。

汉娜喜欢听米夏朗读，对文化有着莫名的向往。然而，因为是文盲，她极度自卑，加上敏感脆弱的性格，她更难以去面对这个社会。因为是文盲，她缺乏沟通，思想没有一点进步。最终，她走上了一条疯狂维护尊严的道路，甚至不惜以离开米夏为代价。为了逃避自己是文盲的事实，汉娜承认因自己的缘故致使300多名妇女儿童受难的罪行。对于她来说，文盲的事实是如此难以启齿。汉娜是可怜的，也是可悲的。

同样，汉娜是米夏的初恋，对他的一生都有着不可磨灭的影响。她让他了解了性与爱，但她的不辞而别也彻底击碎了一个少年懵懂的心。米夏很爱她，但是因为她是纳粹的帮手，明知事实真相的米夏也选择了逃避，因为他不想别人知道自己在中学时代曾与一个纳粹女看守发生了不伦之恋，那是多么难堪。最终，他更不愿再去看她。他也是一个可怜人。

每个人都有属于自己的不为人知的秘密，甚至为了守护它愿意付出一切。当追问你的力量非常强大时，你还会不会为之付出一切？我想答案是复杂的。如果说出来，你会觉得他人看你的眼光都会改变，自己会变得多么不堪。然而不说，你将要为之去编造无数的谎言，生活同样会不堪重负。人，多么可怜、可悲、可恨……然而，这就是人性的脆弱之处。

章十一

落幕，我们蜕茧成蝶

　　成长必定是一个阵痛的过程，只有经历最彻骨的疼痛，才有日后最惊艳的登场。

　　落幕之后，她们终将蜕茧成蝶。

《蓝莓之夜》：
出走，只为更好地去爱你

我花了将近一年才来到这里，

其实要过那条马路并不难，

就看谁在对面等你。

——伊丽莎白

→影片简介

　　王家卫的电影《蓝莓之夜》，可以总结为"出走"的故事。女主人公伊丽莎白（诺拉·琼斯饰）因为男友的劈腿，将钥匙留在了一家咖啡馆里。在与咖啡馆老板杰里米（裘德·洛饰）的相处中，两人不禁暗生情愫。一边是伤害自己的旧爱，而另一边是刚认识不久的新欢。

　　当她隔着一条马路，远望住处时，她看到男友和在另一个女人暧昧。之后，她把钥匙留在了咖啡馆，奢望男友会拿走，但是她等到的只有失望。后来，她选择用出走的方式去跨过这条马路。

　　在"出走"的过程中，伊丽莎白在做服务生的酒吧里遇到了一个叫阿尼的酗酒成瘾的警官，后来两人成了好朋友。其后阿尼因为妻子的背叛，最终自杀身亡，而他的妻子选择了离开。再后来，在赌场里，伊丽莎白遇到了一个女孩，并与她同行了一段旅程。在女孩的父亲死去后，又一段离开与遗忘之旅开启。之后，伊丽莎白买到了梦寐以求的车，踏上了66号公路。在这条公路上，她将一切都遗忘，而一切也从此开始。

最终，伊丽莎白回到了原点，跨过了男友家的马路，而男友的房子早已转让。她来到了杰里米的咖啡馆，开始了新的人生。

→物件的解码

钥匙。一年后，当伊丽莎白回归的时候，她已经不再需要那串钥匙，而男主人公也扔了自己的那串钥匙。钥匙意味着开启一扇门的媒介，也就是通往一段感情的通道。将钥匙留下就意味着放下，永远关上了那扇门。当男女主人公都将钥匙扔掉，不再有任何留恋的时候，这也就意味着他们已经将过去的那段感情封锁。

咖啡馆的门。在影片中，观众可以看到一个与钥匙对应的物品，也就是门。但是，这扇门并不是伊丽莎白男友家的门，而是咖啡馆的玻璃门，并总是以特写镜头出现在观众的视线里。这扇门代表着一个新的世界，也代表着跨过。它意味着伊丽莎白关上一道门，然后开启另一道门的旅程。

蓝莓派。影片中，杰里米告诉伊丽莎白，每天晚上除了蓝莓派，其他派或蛋糕都会有人选择。这种结果并非蓝莓派的错，只是他们有其他选择而已。当杰里米要倒掉蓝莓派的时候，伊丽莎白让他留下，因为她想尝试一下。其实，选择蓝莓派也就意味着进行新的尝试，更意味着封死的心扉将被打开。伊丽莎白的蓝莓之夜也就是一次新的情感尝试。

→ "出走"的王家卫

王家卫喜欢讲述"出走"的故事，也正是在出走中，男女主人公放下了过去，找到了更好的自己，开始了新的旅程。那些落寞的男男女女，似乎都在重复着同样的"出走"。

在电影《重庆森林》里，阿菲（王菲饰）偷偷爱上了失恋的警官663（梁朝伟饰）。阿菲偷偷潜入他的家中，偷偷换掉了一切。当663恍然发现家中都弥漫着阿菲的气息时，开始邀约阿菲。在这个时候，阿菲本可立刻和663在一起，但她落荒而逃，去了梦寐以求的加州。后来，当做了空姐的阿菲回来后，警官663已经盘下了她表哥的炸鱼薯条店。他们重逢后，相视一笑，一切尽在不言中。

在电影《春光乍泄》里，黎耀辉（梁朝伟饰）爱着不断给他带去痛苦的何宝荣（张国荣饰），而就在这个过程中，一个叫小张（张震饰）的男子闯入了他的生活。最终，黎耀辉再也无法忍受何宝荣带给他的一切伤痛，只身前往伊瓜苏大瀑布，结束了这段互相折磨的恋情。后来，他回香港前在台湾停了一晚，在小张父母的店里他拿走了小张的相片。一切都重新洗牌，一切都重新开始，只是他已经不再是何宝荣口中"不如我们重新来过"的黎耀辉。

同样，王家卫在《蓝莓之夜》里依旧延续了这种感情：微妙、小心翼翼。他让伊丽莎白花了将近一年的时间"出走"，并最终回归。当伊丽莎白回到咖啡馆门前时，男主依旧站在原地，只是他们两个人都不再是一年前的他们。男主留在原地忘记了曾经，而伊丽莎白通过"出走"与过去彻底决裂。这个时候，他们终于可以全心全意地爱着对方。

→ "出走"的意义

在这里，我们可以谈一谈女性"出走"的问题。在某一段感情结束的时候，"出走"就意味着和过去的诀别与断裂。这是一个重新开始的选择。

也许某天，我们在刚结束某段感情的时候会遇到一个人。两个人情投意合，谈天说地，相处融洽。这个时候，两个人也许会跨过友情的界限。正如影片中的杰里米，轻轻地抚摩着失恋中伊丽莎白的头发，像是在安抚一只受伤的小鸟。他们蜷缩在角落里，两颗心灵在相互依偎、取暖。后来，他静静地看着伊丽莎白趴在吧台上睡去。伊丽莎白嘴边的蓝莓派留下的些许奶油，让她美得不可方物。杰里米轻轻地吻了熟睡中的女孩，一段牵绊就此开始。在此，观众们可以看到，镜头中的伊丽莎白甜甜地笑了。

在此，界限的跨越真的很容易，触手可及。两个人可以立刻用恋人的关系捆缚对方，彼此占有，但这种轻而易举的得到便是失去的开始。一个女人在没有真正明白自己想要什么的时候，更应该给自己留一个"出走日"。这段"出走日"能够让人变得更加清醒。在这段日子里，你会去找寻、去遗忘、去整理心情、去断裂与过去的联系。

伊丽莎白告诉杰里米，她在离开的那晚来过咖啡馆，差一点儿便进去了，但是没有走进门。如果她进来，她将依然是曾经的那个伊丽莎白，而她再也不想做那个人了。伊丽莎白的选择是明智的，因为当一个女孩身怀感情的缺口时，或是遭遇生活的困惑时，不该寻求某个人作为情感的寄托。在这种时刻，"出走"才是最好的解决方式。"出走"不是永远地离开，而是在"出走"的过程中放下曾经，抛掉往昔的一切，成为一个崭新的自己。正是因为她爱上了他，所以她要变成更好的自己，忘记过去，这样才可以全心全意地去爱他。

在我们的生命之中，也许会遇到很多人。只是，在你跨过去的时候，是否想清楚这真的会很容易？你对他到底是一种什么样的感情？你是否真的看清了咖啡馆里的人到底是谁？如果伊丽莎白还是曾经的那个她，咖啡馆里的也依然是新欢，即使是不同的人，她心里存留的还会是曾经的旧爱。其实，彼此间的距离只有一道门那么近，但你是否已清楚自己在以什么身份打开这道门？

也许很多女孩会问，如果出走后，再也回不到原地了呢？我想，这就是"出走"的意义。如果你们都无法回到原地，那就说明你们都不是彼此要等的那个人。

很多人说过，要想忘记一段痛苦的感情，有两种选择：时间和新欢。只是，很多情况下，大多女孩选择了后者。然而这种方式只是一种情感的转嫁，或是某种依赖感的转移。在这个世界上，有很多路是要靠自己去走的，没有谁可以替代你去完成。

我们在"出走"中找寻、遗忘、回归……最终，我们在"出走"中学会更好地开始一段感情，学会更好地去爱一个人。

《千与千寻》：
后来，我独自长大

人生就是一列开往坟墓的列车，

路途上会有很多站，

很难有人可以自始至终陪着走完。

当陪你的人要下车时，

即使不舍也该心存感激，

然后挥手道别。

——宫崎骏《千与千寻》

→影片简介

电影《千与千寻》由日本动漫大师宫崎骏执导，吉卜力工作室制作，于2001年7月20日在日本正式上映，荣获2003年奥斯卡金像奖最佳长篇动画。

10岁的四年级小学生荻野千寻和爸爸妈妈坐车前往新家，准备开始全新的生活。但是，在郊外的小路上，她和父母不慎进入了一个诡异的中世纪小镇。小镇的巫婆汤婆婆主管一家叫"油屋"的澡堂，这里是服侍日本八百万天神洗澡的地方。在这个小镇上，千寻的父母被美味的食物所吸引，并因为贪吃受到了惩罚——变成了猪。在小镇上，她看到了许多样子古怪的半透明人。

为了拯救父母，千寻勇敢地留在了小镇上。汤婆婆的徒弟小白喂了她阻止身体消失的药，并帮助她获得了一份在浴池打杂的工作。作为代价，千寻被汤婆婆夺走了名字，成了"千"。

　　在澡堂工作的过程中，千寻从一个娇生惯养、什么活都不会做的小女孩逐渐成长，变得越来越能干，并不再被那些怪物吓到。同时，她善良的品格也渐渐得到澡堂中其他人的尊重。

　　一次，千寻发现小白被一群飞舞的白色纸人打伤，为了救受伤的小白，她用河神送她的药丸驱除了小白身体内的封印和小妖精，但小白还是没有醒过来。为了救小白，千寻必须去汤婆婆的姐姐钱婆婆那里一趟。千寻带着汤婆婆的宝贝孩子、宠物鸟以及无脸人坐上了去往沼底的火车。

　　最终，千寻帮助小白找回了自己的身份，并且和父母回到了现实世界。

→意象解码

　　食物。在影片中，千寻的父母因无法抗拒食物的诱惑，坐在桌边大吃特吃，最后都变成了猪。食物象征了成人世界里的种种诱惑：金钱、权力、名望……他们面对这些诱惑，贪婪地去冒险，乐此不疲。然而，贪婪会让他们自食恶果，变成猪就是惩罚。因为千寻还小，并没有那么贪婪，所以才会阻止父母贪吃。在影片中，变成猪的父母躺在猪圈里，已经忘了自己曾经是人类。千寻伤心地对他们说："不要吃太胖哦，会被吃掉的！"这句话不免让人心酸。在《圣经》

的七宗罪里，其中一罪就是贪食。口腹之欲是堕落的开始。人一旦堕落，毁灭也将随之而来。

名字。千寻在汤婆婆那里签约的时候，写的是"荻野千寻"，但被汤婆婆改成了"千"。汤婆婆强命千寻改名，并让她忘掉自己的名字，是让她忘记回家的路。这意味着在人生旅途中，人类会因种种外在的诱惑迷失双眼，忘记自己是谁。电影中，那些不愿工作、好吃懒做的人类变成待宰的牲畜或煤灰。小白让千寻不要忘记自己的名字，意思是希望她面对名利、物质等诱惑时不要忘记自己是谁。后来，千寻帮小白回忆起了他的名字，两个人都得到了救赎。

坊宝宝。坊宝宝是汤婆婆的独子，穿一件印有"坊"字的红色肚兜。虽然他个子非常大，却是婴儿的模样，娇惯任性。因为害怕"细菌"，所以他每天都待在堆满了玩具和枕头的房间里。坊宝宝喜欢用哭来威胁人。这个大婴儿就是汤婆婆的"软肋"，是汤婆婆无奈和温柔的一面。后来他被钱婆婆变成一只小老鼠跟随千寻去旅行，在这个过程中他也得到了成长。

无脸人。他就像世间那一个个空虚的灵魂。世上有很多人都生活在边缘地带，没有人喜欢，内心充满了自卑与无助。无脸人在面对千寻的时候这样说："我很寂寞，我真的很寂寞。"为了引起他人的注意，无脸人企图用金钱（权势）来吸引别人。他的做法就像社会中的种种规则一般，而千寻的态度非常冷静、不为所动。无脸人吃了千寻的药丸后，吐出了所有的肮脏，获得了新生。后来，无脸人紧紧地跟随千寻，像是在追逐着简单和纯真。千寻去找钱婆婆的时候带上了他，说："他是来到这里才学坏的。"最后，无脸人从一个吃人的妖怪，得到了真正的救赎。

→冒险途中的伴侣——小白

在人生的冒险旅途中，我们会遇到很多人。我们彼此救赎，到达彼岸。在千寻的救赎之路上，那个人就是小白。

在小镇上，小白一直都在帮助千寻。他是汤婆婆的得力助手，一个可以化身为龙的神秘少年。他和千寻初次见面就觉得很熟悉，并且知道她的名字。为此，他冒险给了千寻很多帮助：将她介绍给锅炉爷爷，告诉千寻她的原名，带她去看变成猪的父母……然而，他的行动是被汤婆婆的诅咒控制的，经常要为汤婆婆做一些见不得人的勾当。原来，小白也一度迷失自我：为了能学魔法，把自己出卖给了汤婆婆，并因此忘记了自己的名字，忘记了自己是谁。

因为偷取了钱婆婆的魔女印章，小白伤得很严重，快要死了。千寻便拿出河神给她的救父母的药丸让小白服下。小白吐出了钱婆婆的魔女印章，但没有醒来。于是千寻决定坐上有去无回的火车，将印章物归原主。或许，这就像锅炉爷爷说的那样，是一种爱。

当小白拉着千寻的手在海面上空飞翔时，千寻想起了她和小白的过往。千寻曾掉进一条河中，后来被河水冲上岸得救，不过那条河现在已经被填平了。她对小白说，那条河叫琥珀川，而你的名字就叫琥珀川。刹那间，白色的龙鳞飞起，闪烁在空中，化为人身的小白眼中闪烁出了光芒。他紧紧握着千寻的双手说，我想起来了，我的名字叫"赈早见琥珀主"。

最终，小白帮助千寻救出了父母，而他自己也得到了救赎，想起了自己的身份和名字。影片的最后，小白放开了千寻的手，或许他们还会再见，或许他们不会再见。人生路就是如此，有人上车，就有人下车。然而，我们终将彼此救赎，一起上岸。

→成长的代价

　　成长本就是一趟没有回程的火车。其实，最终我们每个人都要学会独自长大。终有一天，你必须离开父母。千寻走过的路是每个姑娘都要走的必经之路。从父母变成猪的那一刻起，就意味着千寻要学着自己照顾自己，学着去做一个大人。她要变得独立、自强、勇敢，并且要有自己的思想，要相信自己！

　　影片的最后，千寻拯救了父母回到最开始的隧道，一切都好像没有发生过一样，但是现在的千寻早已不是那个柔弱的小姑娘。在成长过程中，被异化的我们会丢失原始身份，但我们只有通过成长才能自我突破，完成自我救赎。最后，千寻又回到了原来的生活，这一切就像是一场梦，那么遥远，但又那么真实。她还是那个纯真善良的她，唯一改变的是，在经历了这一切后，她长大了，懂得了什么是责任、什么是爱。

　　这就是成长的代价——学会一个人面对人生所有的困境。

《征婚启事》：
选择自己所能承受的爱情

无论是爱情，还是婚姻，

选择你所能承担的。

→影片简介

电影《征婚启事》由陈国富执导，刘若英主演。刘若英凭借本片获得第一届台北电影节年度最佳演员、第44届亚太电影节最佳女主角。

台北某所大医院的眼科医师杜家珍（刘若英饰），因男友的失踪陷入了悲痛之中。为走出低谷，她辞去工作，在报纸上刊登了一则征婚启事，期望通过一段新的恋情来让自己解脱。广告登出后，她每天平均要见三四个应征者，而且每个人都很奇葩。在和他们见面之后，杜家珍发现这些人要的只是各种各样的"欲"，并非真正想结婚。到了晚上，杜家珍会给一个无人接听的留言机打电话，和那个不知去向的男人诉说自己的心情：又见了什么样的人，以及自己有多想念他。

原来，杜家珍爱上了一个已婚男人吴先生，并且怀上了他的孩子。吴太太其实一直躲在电话留言旁听着她的每一条留言。有一天，吴太太终于拿起电话，告诉她："你不用再打来了。"事实上，吴先生不是不回她电话，而是已经在空难中身亡，殒命异乡。吴太太的恨在家珍的痛苦留言中得到了安抚，甚至渐渐明白丈夫为何会爱上这个女子，因为自己永远做不到像家珍这样付出那么多。最后，她也不忍心再让家珍这么痛苦。家珍最开始要征婚的真正理由是为了忘记吴先生，而她在这个过程中同样得到了救赎。

→刘若英

> 想要问问你敢不敢
> 像你说过那样的爱我
> 想要问问你敢不敢
> 像我这样为爱痴狂

——刘若英《为爱痴狂》

影片中的奶茶非常年轻，有着孩子般单纯的眼神，留着干净秀气的短发，还有那尴尬无措的表情。奶茶给人的感觉一直都是这么舒服，让人无法忘怀。她在剧里看着来来往往的征婚者，却只为等待那个杳无音讯的人。现实中的刘若英，同样疯狂无望地爱着那样一个人，但永远没有回音。纵使有回音又能怎样？那人到底是一个有家庭的男人，他又能怎么样？难道能给奶茶一个归宿？他不能。年复一年，最终我们看到奶茶结婚了，嫁给了别人，还生了一个可爱的孩子。

很多人在年轻的时候都会疯狂地爱着一个人，年复一年地等待着，但是现实是残酷的。最终，他们还是选择了自己所能承受的爱情。耳畔里又回荡起奶茶的《为爱痴狂》："想要问问你敢不敢，像我这样为爱痴狂。"只可惜,她爱的人是不敢的,更承担不起那样的爱。

→相亲:四方怪力乱神

影片是社会的真实记录。一则征婚广告引来了一个又一个奇怪的应征者,像是一场各路怪力乱神的集会:不停嚼槟榔的技工、要帮她试穿鞋子的餐厅经理、寻找刺激的17岁高中生、满口日本A片的房地产中介、想来找一夜情的已婚猥琐男、窥探她隐私问她要不要做妓女的皮条客、有女朋友的演员钮承泽、女同志、防身用具推销员、配音演员、吉他进口商、母亲陪着来的自闭症患者、小学教员、盲人……

尽管这些人都非常奇怪,但是杜家珍依旧耐着性子辛苦找寻,希望从这些神奇的人里面寻到一个答案。渐渐地,我们发现杜家珍的征婚过程就像是对社会的一个记录,记录着社会中单身男子的面貌。有时候连她都觉得自己似乎是一个偷窥者,她谎称自己姓吴,聆听这些男子内心的秘密。然而,这一切都是徒劳,这些人都不能给她救赎,因为他们不是那个人。

终于有一天,那个与她有着相似苦涩笑容、神情忧郁的男青年出现了。她仿佛抓到了一根救命稻草。也许,受伤的两个人可以相互依偎和安慰。她觉得那个人不错,所以就想交往下去。她迫不及待地想要证明,于是两个人上床了。但事后,她在浴室里哭得惊天动地,像个孩子。一方面,她并不爱他,心里想的仍旧是那个失去消息的男人。她感到自己背叛了感情,但是她又渴望解脱自己,结束这无期的等待，所以她在痛苦地哭泣。另一方面，因为她怀孕了，她很想留下这个孩子，所以干脆就李代桃僵，让那个男孩以为是他们上床后怀孕了。然而，她又觉得对不起这个男孩，因为自己在试图欺骗他。终于，她明白这是行不通的。

我们总是能看到这样或那样的相亲。相亲是把一类人相聚，或者各怀心事，又或者带着不同的目的。相亲有时成了一种条件的交换，因为目的很明确，就是找个结婚的对象。有时，相亲相多了，你自己都有可能麻木不仁，或者嘲笑自己的初衷，正如影片里的杜家珍。

→解脱：选择自己能承受的爱情

解脱是懂擦干泪看以后

找个新方向往前走

这世界辽阔

我总会实现一个梦

——张惠妹《解脱》

在整部影片中，我们看到了一个个内心缺失的人。他们都在逃避着什么，也在寻找着什么。一条征婚启事也让观众窥探到了一个个孤独的灵魂。这部荒诞的喜剧让我们看到了人生的悲凉。

温和、优雅、清秀的杜家珍爱上一个已婚男人，并且怀孕了。男人决心去和妻子摊牌，但一去不返。她等待着，但一直没有他的回音。痛苦的她登了一则征婚启事，想通过这样的方法去忘记。人在痛苦中时总会胡乱地抓一根救命稻草，但越是这样，反而越痛苦。

一天下午，她在日月光家具城遇到了大学时的老师罗教授。罗教授又壮又胖，一脸络腮胡，非常有趣。他问家珍怎么还没结婚。家珍回答，自己正在积极寻找对象，但是心门还没打开。如今的征婚似乎是一种逃避，不管怎样都逃不掉上一段感情的牵绊。罗教授说了些安慰的话，并强调要"选择自己所能承受的"。影片的结尾我们才知道，原来罗教授从小就发现自己喜欢男人，但还是遵循社会规律，选择了结婚生子。

　　人生要走过多少弯路才能明白自己错了呢？就像罗教授说的那句"选择自己所能承受的"。爱情总是让人深陷其中，不可自拔。很多人会尝试着去触碰禁忌之爱，但那就是一颗定时炸弹。吴太太对家珍说："恨他，更恨你，你凭什么把这么大的灾难带到我们家里？"的确，对于吴太太来说，有一天丈夫竟然告诉她，自己爱上了别人，并且还有了小孩。显然，吴太太是电影里最大的受害者，承受了背叛和欺骗。对于家珍来说，她也是一个受害者，同时也是一个施害者，因为一开始她的选择就错了。不过，对于爱情中的男女来说，哪有那么容易能脱身？或许，最后吴先生的死才是两个女人最好的解脱。她们两个人再也不用承受这样的痛苦和折磨了。

　　如果已经陷入了一段明知没有结果的感情中，女性应该早些脱身，不要继续这段自己无法承受的感情。也许你觉得自己很爱他，也许他承诺了你美好的未来，但是那种期待还是算了吧。你可以什么都不用管，但是结局一定是两败俱伤。谁都不要用这样的感情来做赌注，更不要拿自己的未来去埋单。无论如何，你都该选择自己所能承受的人生。

《摆渡人》:
那是我们终将抵达的地方

那日，我狼狈落水，

而你正摆渡经过。

我问自己是否可以到达彼岸，

你让我大可放心，

那是我们终将抵达的地方。

→影片简介

电影《摆渡人》于2016年12月23日上映，由王家卫监制，张嘉佳执导并担任编剧，梁朝伟、金城武、陈奕迅、杨颖、张榕容、杜鹃、熊黛林等人联合出演。该片讲述了"金牌摆渡人"酒吧老板陈末（梁朝伟饰）和合伙人管春（金城武饰）拯救情感落水者的故事。

每座城市都有属于自己的传奇，这座城市的传奇就是"摆渡人"。据说，他们是城市里的超级英雄，能消除世间情感落水者的痛苦。酒吧老板陈末和合伙人管春就是这座城市的"金牌摆渡人"，尽管表面上吊儿郎当，但从来不会拒绝需要帮助的人。只要有人预约摆渡，他们必将完成任务。为了帮助戴了绿帽子的马力，邻居小玉（杨颖饰）预约了他们的服务，并成了陈末的小徒弟，竭尽全力为马力办了一场演唱会，让他找回了自我。后来，他们帮助了一个又一个狼狈落水的情感失意者：情窦初开但被渣男欺骗的十三妹（李宇春饰）、婚前遭遇新郎逃婚的胖妞（贾玲饰）……

然而，"金牌摆渡人"自己也有躲不过去的情感问题。小玉一直偷偷喜欢着马力，但马力爱的是妻子江洁；管春一直想念着初恋毛毛，但毛毛曾经为了救他而失忆，忘记了一切；陈末心心念念自己的爱人何木子，但何木子早已死去……

就是这样一群人，在这座城市里摆渡别人的同时，也在摆渡自己；救赎他人的同时，也在救赎自己。最终，他们都到达了彼岸，重新上路。

→王家卫的客栈

看着豆瓣上清一色的一星，我不禁想为它喊冤，因为这样的评分确实有失公允。对于这部影片，所有人都应该公正地去评价。不知道你是否笑着笑着就哭了？最后哭着哭着又笑了？天底下所有的感情都一样：傻到崩溃。

王家卫的故事，探讨的从来都是都市人面临的各种难题，即便武侠也是如此。所有的导演都有自己钟爱的那些镜头，就像我们在《美人鱼》中看到了无数个周星驰曾经的经典。在《摆渡人》中，我们也看到了无数个王家卫的过往。

其实，所有的人物都是曾经的样貌。梁朝伟扮演的酒吧老板，让我们一下子穿越回《东邪西毒》（1994年）中的客栈，仿佛又看到了哥哥饰演的西毒欧阳锋。所有人都是传奇，酒神、歌神、情种……客栈和酒吧都一样，充满了遗忘和救赎。他就是喜欢讲一群人的故事，而所有的情感纠葛都一样，无论是1994、2004，还是2016，抑或是2046。不一样的，是说故事的人从欧阳锋（张国荣）变成了陈末（梁朝伟）。我们永远都不会忘记的是他们的眼神，哥哥的忧郁、伟仔的温柔，都充满毒性。

杜鹃饰演的何木子就是王家卫影片里的无数个落寞的女人，红唇妖媚，形单影只：张曼玉饰演的苏丽珍和大嫂、王菲饰演的阿菲、林青霞饰演的慕容嫣／慕容燕、刘嘉玲饰演的梁凤英、章子怡饰演的宫二……她们的爱情都是残缺的，从来没有圆满之说。

我们会在影片中看到无数的过往：陈末和何木子走在夜晚的街头，让我们想起了《花样年华》里的周慕云和苏丽珍，以及《一代宗师》里的叶问和宫二。黑夜中的背影是墨镜王喜欢的场景。何木子和陈末的吧台对视，让我们想起了《蓝莓之夜》中的伊丽莎白和杰里米；管春吃饼后的嘴唇，让我们想起了《东成西就》中的欧阳锋；陈末在打斗时的场景，让我们想到了《一代宗师》；金城武为了找毛毛跑到了南美洲的最南端，让我们想起了黎耀辉与何宝荣曾相约去世界的尽头——伊瓜苏瀑布。很多人觉得这是在致敬曾经，但在我看来，这是情感的延续。王家卫的所有电影不该割裂开去看，因为它们是一个整体。正如从《阿飞正传》到《花样年华》，再到《2046》，这中间都有一个脉络。

→而我只是个摆渡人

世事如书，我偏爱你这一句。愿做个逗号，待在你的脚边，但你有自己的朗读者，而我只是个摆渡人。

——张嘉佳《摆渡人》

看完这部影片，终于明白"笑着笑着就哭了，哭着哭着就笑了"是什么感受。所有的闹腾和搞怪背后，必定隐藏着一个深情之人。最牛的金牌摆渡人陈末，却无法摆渡自己。他说："最后你才发现，距离你最近的人，路途最远。"最后，我们终于明白陈末的心结——死去的何木子。

何木子躺在陈末怀里的那一刻，令人心碎。他们之间的故事从"（明天见）"（何木子调的酒）开始，又以"明天"作为终结。何木子将日出留给了陈末，成了陈末永远的念想。最后，陈末与何木子的深情一吻，是闹腾情绪最终的释放。此岸与彼岸，对于陈末来说是那么遥远，因为他与何木子相隔着生死。梁朝伟坐在摆渡人号上微笑的那一刻，让人迷醉。是的，还是那个眼神，依然能够杀死人。

后来，马力成了万众瞩目的明星，而小玉也渐渐地走开，离马力越来越远。马力在感谢酒吧老板的时候却不知，其实他最该感谢的是小玉。那个痴傻的小玉为了马力的演唱会，花光了所有的积蓄。为了马力，她与江洁玩了酒吧高尔夫。她说："谁要跟她拼酒量，我是跟她拼命。"的确，从一开始，小玉就是在用生命去爱马力。然而，她只是他的逗号，永远不是他的句点。他们永远隔着一江水。她的使命就是将他摆渡到对岸。

就算是悲情，也必然要成全一对圆满，正如《东邪西毒》里带着老婆闯荡江湖的洪七，《摆渡人》成全了管春和毛毛。对于管春来说，他的世界没有前任，只有唯一。在管春和毛毛的身上，我们看到了最纯粹的痴恋。那个让人笑到哭的管春，为了毛毛的饼和记忆做了无数傻事的管春，让所有人都动容。的确，管春和毛毛正是年少时对感情无所畏惧的我们自己，他们之间互为摆渡人，最终得到拯救。

→谢谢你，带我渡河

但愿明日的暖阳照向有你的地方，

但愿此生再也不必纠缠，

但愿从此作别、互不亏欠，

但愿你喝下那坛醉生梦死，遗忘一切。

我终知晓，

你在我淡而无味的年华里留下了浓墨重彩的一笔，

摧枯拉朽般让我在无望的等待里受了严重的内伤。

可这一切又凭什么？

不过就是仗着我爱你……

无论你如何看待这部影片，都不会否定它传递给我们的积极意义。这不是鸡汤，而是真正的人生。看完摆渡人，又想起了贾樟柯《山河故人》中的那句话："每个人只能陪你走一段路，迟早是要分开的。"那些离开的人都是我们的摆渡人，而我们亦成了别人的摆渡人。人生路，该期待的不是结果，而是过程中的酸甜苦辣。

也许你也是一个落水之人，无论是小玉、江洁、何木子、毛毛，还是十三妹、胖姐，都不可怕。彼岸并不遥远，遥远的是你永远跨不过的心。没有治愈不了的情伤，更没有忘不掉的人。

如果有一天你落入水中，千万不要惊慌。你要相信，必有摆渡人经过，带你渡河。临别时，或是伤感，或是不舍，抑或是心痛，切记不要回头。人生就是一列单程车，漫漫长路，看的就是路上的风景，回味的亦是人来人往。